Diario de un jubilado

Contemporánea
Narrativa

MIGUEL DELIBES

DIARIO DE UN JUBILADO

AUSTRAL

DESTINO

El papel utilizado para la impresión de este libro está calificado como **papel ecológico** y procede de bosques gestionados de manera **sostenible**.

No se permite la reproducción total o parcial de este libro,
ni su incorporación a un sistema informático, ni su transmisión
en cualquier forma o por cualquier medio, sea éste electrónico,
mecánico, por fotocopia, por grabación u otros métodos,
sin el permiso previo y por escrito del editor. La infracción
de los derechos mencionados puede ser constitutiva de delito
contra la propiedad intelectual (Art. 270 y siguientes del Código Penal).
Diríjase a CEDRO (Centro Español de Derechos Reprográficos) si necesita
fotocopiar o escanear algún fragmento de esta obra. Puede contactar
con CEDRO a través de la web www.conlicencia.com
o por teléfono en el 91 702 19 70 / 93 272 04 47

© Herederos de Miguel Delibes, 2010
© Editorial Planeta, S. A., 2010, 2021
   Ediciones Destino, un sello editorial de Editorial Planeta, S. A.
   Avda. Diagonal, 662-664, 08034 Barcelona (España)
   www.edestino.es
   www.planetadelibros.com

Diseño de la colección: Compañía
Diseño de la cubierta: Austral / Área Editorial Grupo Planeta
Fotografía de la cubierta: Shutterstock
Primera edición en Austral: marzo de 2010
Primera edición en esta presentación en Austral: noviembre de 2018
Segunda impresión: octubre de 2020
Tercera impresión: enero de 2021
Cuarta impresión: noviembre de 2021

Depósito legal: B. 22.075-2018
ISBN: 978-84-233-5455-9
Impresión y encuadernación: QP Print
Printed in Spain - Impreso en España

Biografía

Miguel Delibes (Valladolid, 1920-2010) se dio a conocer como novelista con *La sombra del ciprés es alargada*, Premio Nadal 1947, a la que siguieron, entre otras, *Aún es de día* (1949), *El camino* (1950), *Mi idolatrado hijo Sisí* (1953), *La partida* (1954), *Diario de un cazador* (1955), *Diario de un emigrante* (1958), *La hoja roja* (1959), *Las ratas* (1962), *Cinco horas con Mario* (1966), *La mortaja* (1970), *El príncipe destronado* (1973), *El disputado voto del señor Cayo* (1978), *Los santos inocentes* (1981), *Cartas de amor de un sexagenario voluptuoso* (1983), *El tesoro* (1985), *Señora de rojo sobre fondo gris* (1991), *Diario de un jubilado* (1995) y *El hereje* (1998), casi todas ellas publicadas en Destino. Su extensa obra literaria le valió numerosos galardones, entre ellos, el Nacional de Literatura, el Príncipe de Asturias de las Letras, el de la Crítica, el Premio Nacional de las Letras y el Premio Cervantes de Literatura.

Diario de un jubilado

1995

Al doctor Carlos Almaraz

5 *octubre*

Subí con Partemio donde don Francisco Javier a darle el acuerdo, o sea que bueno, que la baja voluntaria. Él nos miraba a uno y otro como preguntándonos qué había cambiado de ayer a hoy pero, antes de que abriese la boca, se lo planté, o sea, que había echado cuentas con la parienta, y más vale pela en mano que pavo volando. Puestos a ver, desde que dejé el Centro no he hecho otra cosa que currar, pero son los turnos lo que no aguanto. Esto aparte, sesenta tacos no es mala edad para descansar, por más que Partemio salga ahora con que la jubilación voluntaria no deja de ser una pepla, algo así como la inutilidad en la mili. ¿A santo de qué? La fetén es que en el país sobramos la mitad del personal y si, por un lado, te alargan la escuela, por el otro te anticipan la jubilación, de forma que, a la postre, todo cuadrado. El pensionista, por la cuenta que le tiene, callará la boca, sabe que los demás trabajan para él y, aunque cobre dos reales, todavía tiene que mostrarse agradecido. Así es la vida. De modo que Partemio y un servidor firmamos los papeles y nos fuimos donde Arcadio Ovejero, que hace un año nos ganó por la mano y se largó con seis kilitos y lo puesto. Según él, en la ciudad hay ya una taberna por cada tres habitantes y que pedir la baja para poner otra sería pasarse de listo. Le pregunté qué otra cosa cabía hacer con siete kilos en mano y lo que él me dijo: bebértelos y olvidarte de esta puta vida. ¿Y después?, le pregunté yo con las del beri. El cipote puso cara de mandria y añadió: «Después reventar y que te entierren con pellejo y todo». Partemio, que andaba con la pichicharra de la tasca, que inclusive había apalabrado local y todo, se fue a casa amorrongado. Estos tiempos traerán otros.

6 octubre

De que acabó el culebrón en la tele, la parienta y yo nos pusimos a hacer números y ella salió con que si algo sentía era no tener veinte años menos para ponerse a peinar. Lo que yo la dije, que eso se acabó con la guerra y lo que procedía ahora era determinar dónde darían más sustancia los siete kilitos de la baja voluntaria. De primeras, ella mentó la taberna, pero de que le hablé de Arcadio Ovejero, saltó con que una churrería entonces, pero no al menudeo como la de su difunto padre, sino con veladores de mármol para servir desayunos y meriendas. Y lo que yo la dije, que un hombre que echó la barba en un centro de Segunda Enseñanza, que mal que bien ha hecho las Américas, desmerece con una servilleta al hombro. Ella se atufó, que si es que me creía el conde de Romanones, y yo que eso tampoco, pero que, puesto que no nos poníamos de acuerdo, preferible pedirle parecer a mi sobrino José Antonio, que sabe el número que calza. Cuando la parienta se mosquea me recuerda a la chavalilla aquella de los años cincuenta, de novios digo, cuando íbamos los sábados a mover el solomillo a la cervecería. ¡Anda y que no ha llovido desde entonces!

8 octubre

Me pasé por el banco, donde mi sobrino José Antonio. Mentira parece que entre mi hermana Modes y el curda de Serafín fabricaran un individuo tan prudente como éste. Luego te salen con que los hijos de alcohólicos suelen ser subnormales. ¡Anda y que si el angelito llega a ser normal! ¡Pero si ve crecer la hierba! Eso sí, cada vez que me siento frente a él, en el sillón articulado, se me va la cabeza, la verdad. De primeras me aconsejó que no, que me olvide de los negocios y ponga los siete kilos en un plazo fijo al diez por ciento y a vivir. Echó cuentas y que con las noventa del paro y cincuenta de renta un matrimonio sin hijos puede defenderse hoy. Le hice ver que eso de sin hijos no iría por mí, que ya conoce al Lorencín, caprichoso como él solo, y que cuando él no necesita cambiar de coche, es a su hermana a la que le peta cambiar de piso. Así es que abrí el plazo, que es una manera como otra cualquiera de no tener el capital de brazos cruzados. A la salida, me merqué un cupón, un capicúa, un numerito que dice cosas. Y, para no variar, me topé con otra multa en el parabrisas por aparcar en doble fila. La agente estaba cuatro coches más allá y la hice ver que habían sido diez minutos, pero lo que ella dijo, qué aún diera gracias de que no se lo hubiera llevado la grúa. ¡Toma del frasco, Carrasco! Guardé el papel para la colección.

14 *octubre*

Aunque la parienta piense otra cosa, la verdad es que no me pinta esto de estar sin pegar sello de la mañana a la noche. Te levantas y el cafelito, una ojeada al papel, los amiguetes, cuatro vasos donde el Arcadio, un meneo a las tragaperras y vuelta a casita, que se te pega el arroz. Hace treinta años aún me quedaba la caza, pero ¿quién es el tonto que se pega hoy una chaqueta ladera arriba para bajar una perdiz de granja? Deportes del tercer mundo, como yo digo. Y en cuanto a la tarde, tres cuartos de lo mismo. Esto no es vida. Te queda la tele, es cierto, que menudo invento. A veces me pregunto qué diría la madre si levantara la cabeza.

21 *octubre*

¡Gibar con la parienta! Llega la tarde del sábado, nos colocamos el chándal y, ya se sabe, a ver residencias para el día que no podamos valernos. Y es lo que yo la digo: lo último, un asilo; antes me pego un tiro que meterme en un asilo, ya ves tú. ¿Y qué vas a hacer el día que yo te falte? Siempre la misma copla. Coño y ¿por qué no he de ser yo quien le falte a ella primero? ¿Y por qué regla de tres no ha de tocarnos antes una partida de millones en el *Un, dos, tres...* como le tocó al menguado ese de Guadix el otro día? En la vida, para que pinten oros hay que tener fe, que te pones a ver las pelas que reparte la tele, o la loto, o el cuponazo, o las quinielas mismas al cabo del año, y te caes de culo. Ahora, que la parienta se conforme con jugar los sábados un cartoncito al bingo, bueno está lo bueno. Pero ella dale que no me fíe del azar, y lo que yo la dije anoche, ¿de quién nos fiamos entonces, del gobierno? La Anita anda encandilada con la viuda de Zacarías, cuatro comidas diarias, su partidita, su médico... ¡a todo plan! Eso es lo que dice ella, pero ¿por qué no tiramos de la manta para ver lo que hay debajo?

25 *octubre*

Hubo carta del Lorencín con la de siempre, que no le alcanza lo que gana, que con dos meones en casa cualquier sueldo se queda corto, que si tal y que si cual. A la tarde, después del culebrón, me puse de palique con la chavala y la fetén es que la Soraya, o séase la nuera, tiene un agujero en cada mano y no le basta con nada. Que si veraneo en Benidorm, que coche nuevo cada tres años, que si el puente de Semana Santa... ¡Que me digan a mí qué sueldo puede aguantar ese ritmo de vida! Y encima, el tío con recochineo, que ya sabe que me han dado unos kilitos a cuenta de la jubilación anticipada y que a ver si se me ve un detalle. El chaval este sólo se acuerda de su padre cuando le ve con la bolsa bien herrada, ¡no te giba! Si hubiera seguido estudiando, como yo le aconsejé, otro gallo le cantara. Pero no señor, el peritaje y basta, que está uno de libros hasta los huevos. Y ¡hale!, al banco, que no hay cosa más fácil, sobre todo si dentro se tiene un primo que da la cara por él. Pero así son las cosas. Acordamos mandarle dos mil pavos, que siempre le giba a un padre que un hijo le mee en las entradas. Pero lo que la parienta dice, si empezamos a soltar la mano ¿dónde van las noventa del paro? Claro que, puestos a hacer economías, también podríamos dejar el bingo, que, te guste o no, un cartón con otro, te metes en cinco billetes mensuales y hasta puede que me quede corto.

26 *octubre*

Mandé un giro al Lorenzo. Postal, aunque él prefiera por banco. El guaje este siempre a lo grande. No puede negar que nació en las Américas, junto al tío Egidio. Pero ya ves para lo que le sirvió la fortuna al mandria del tío, que, al decir del escribano, ni para el entierro tuvo. Y es lo que no me canso de repetirle a la chavala, más que dinero lo que en la vida hace falta es salero para gastarlo.

Esta tarde escribimos diecisiete cartas al concurso de la tele *El precio justo*. A ver si esta vez hay suerte.

27 *octubre*

Me sinceré con la parienta y le dije mi verdad, o sea que no va conmigo esto de estarme todo el día de Dios mano sobre mano. Ella se quedó de piedra, que desde cuándo tan azacán, que antaño lavar un plato ya me fatigaba. Y lo que yo le dije, que una cosa es molerse uno los huesos y otra pasarse el día mirando; que yo con un apañito de un par de horas me arreglaba. Ella me advirtió que ojo con Magistratura, que ya se sabe que en este mundo, si los cabrones volaran, nublarían el sol. Bien mirado, razón no le falta a la chavala.

La tarde la echamos en Los Vados, un asilo con baño individual y televisor en todas las habitaciones. ¡Claro que noventa billetes no son de despreciar!

31 *octubre*

Me llegué al Hogar a echar una partidita con Tochano, Melecio y Partemio Roldán. Hacía un siglo que no veía al Tochano, pero el tío sigue a la que salta. Ahora se ha enchufado en Sindicatos y lo que yo le dije, quién te ha visto y quién te ve. Él se cabreó y que a cuento de qué le salía por peteneras, que él no había cambiado. Entonces le recordé cuando era mandamás en Educación y Descanso y él que a ver, que abrir las ventanas, que eso es lo que intentó en Educación y Descanso y en los demás cargos que desempeñó cuando Franco. Callé la boca por tener la fiesta en paz, pero el Partemio, que sabe jugar al abejón, le soltó con mucha sorna que si también en el año cincuenta y ocho, en el aniversario de José Antonio, cuando se pasó la noche fusil al hombro delante del monolito, estaba abriendo las ventanas de la catedral. ¡No te giba!

1 *noviembre*

Me di una vuelta por el camposanto. Llevé unas flores a los viejos y al Tino, y otro ramo para la parte de ella, que no se diga. Recordé a la madre, a la Modes, al Pepe, a don Florián, el cura, al Zacarías, a toda la tropa. ¡Que tiempos, Dios! Ahora dicen que eran malos pero de joven todos los tiempos son buenos. Entonces no se pensaba tanto en los cuartos, creo yo. Se conformaba uno con lo puesto y punto. A la tarde, por no perder la costumbre, nos fuimos de asilos. Vimos uno apañado en Santobendito, al pie del cerro, junto al arroyo donde de chico pescaba cangrejos con el padre, pero dejará de ser un moritorio como los demás. Ya le digo a la chavala que convencerme no me va a convencer pero, si a ella le divierten estas visitas, para eso tiene un coche y un mecánico a sus órdenes. ¡Faltaría más!

13 *noviembre*

Hoy, San Estanislao, mi santo. La vieja, a saber por qué, me puso Estanislao de primero, y es el santo que siempre celebramos en casa. Invité a unos vasos al Melecio y al Partemio donde Ovejero. El bueno de Arcadio hizo unos pinchos de tortilla ex profeso, pues de sobra sabe que allí no entra un alma ni por equivocación. Como de costumbre, anda aliquebrado. Esta tarde se sentó con nosotros y salió con la de siempre, que la parroquia no da ni para la contribución y que si FUTESA le llamara mañana, volvería al tajo por la mitad del sueldo, aunque fuera al turno de noche. Visto lo visto, el Partemio piensa dedicar el local que tenía apalabrado a despacho de pan. El Partemio, a primera vista, parece un dormido, pero saca polvo debajo del agua. Como el pan de la Nueva Panificadora no le mola al personal, ha llegado a un acuerdo con el panadero de Castrillo, que es de los pocos que todavía hornean con ramera, para vender aquí pan de pueblo, lechuguino de cuatro canteros, más metido en harina que el pan industrial. La gente va hoy por la vida de capricho, dice. Y no le falta razón. Melecio callaba la boca, no metía el cuezo ni por cuanto hay. Sigue cuitado este hombre. La fetén es que no ha tenido suerte en la vida. El primer chaval la dobló de niño y al otro más le valiera haber palmado también. Pero no, enganchado a la droga anda, apandando dinero aquí y allá, cuando no robándoselo a su madre. Y luego, cacorro o bisexual, como se diga, de esos que hacen a pelo y a pluma, que eso no hay cristiano que lo entienda. Yo me pienso que Melecio, si no fuera por la flauta, ya se habría pegado un tiro. El panoli se pasa las horas soplando y alguna sustancia debe sacarle cuando no se cansa. Una flauta no es un piano, conforme, pero menos da una piedra. De cuando en cuando yo se lo digo y él que sí, que la flauta le acompaña como me puede acompañar a mí el escribir estas cosas. Pero lo que yo le digo, que todavía, cuando cazábamos, mi cuaderno olía a tomillo y a hierbabuena, pero lo que es ahora, metidos ya en los sesenta, más parece un gorigori. A estas edades, ya se sabe, me dijo él, hasta la música sale rancia. Al caer la tarde, Ovejero trancó la puerta y no sé si por las penas del Melecio, las suyas o para festejar a San Estanislao, ya andábamos todos a medios pelos. Y como siempre que uno se mama, a partir de cierta edad, nos pusimos de recordatorios y nos dio llorona, como yo digo.

15 *noviembre*

A la parienta no le salen las cuentas. Que si la luz, que si el teléfono, que si la comunidad, que si el plazo de la lavadora, que si el de la enciclopedia. Total, que abres los ojos el día 1 y antes de abrocharte la bragueta ya has fundido treinta mil pelas. Ésta es la fetén. Y eso que no cuenta el bingo, las quinielas y el cuponazo, que, entre unos y otros, suman otro renglón. Le pregunté de qué valdría la vida si le quitases cuatro caprichos, pero ella dale, que no nos engañemos, que así no hacemos el mes ni con ciento cincuenta ni con trescientos, que estamos comiendo de lo vivo, que con los siete kilitos en reserva nos hemos creído los condes de Romanones y así nos crece el pelo. Salí con la de siempre, que diera tiempo al tiempo, que ya me extrañaría que con mi educación y mi percha no encontrara una encomienda de un par de horas pagadas como Dios manda. Y ya, destrabada la lengua, se lo solté, o sea la dije que tampoco nos íbamos a arruinar si de los siete millones del plazo retirábamos un piquillo para un Renault-11, que hay que ver las prestaciones de ese coche y cómo está el Renault-6, madre mía, como para dárselo con cinco céntimos a un pobre.

21 *noviembre*

El periódico, aparte masajes y criadas, no anuncia ni una colocación por horas. Dos he visto en cuatro días para no mentir: la una para sereno de un almacén, y para limpiar una mercería la otra. ¡Anda y que les den morcilla! Para tanto como eso no me tiré yo veinte años en un centro docente, como yo digo.

22 *noviembre*

Me llegué donde don Juan Niño para ofrecerme de acomodador, oficio que ya desempeñé de joven. No es que rinda mucho pero menos da una piedra. Don Juan lo echó a barato, que su aspiración era jubilar a los dos que tiene, dividir el cine en tres y que cada espectador se acomode donde le pete. Le hice ver que siempre hará falta una cabeza organizadora, y él que a ver, que eso es lo que pretende, que únicamente con un hijo en los proyectores y él fiscalizando las entradas se puede comer dos veces al día.

La parienta me salió con que en la tintorería necesitan un chico para la limpieza en seco y lo que yo la dije, que gracias por el piropo, pero que lo que yo busco no es un puesto de chico sino un apaño para un tipo que ya anda rondando la tercera edad.

24 *noviembre*

Hemos leído el anuncio más de diez veces, pero, lo que yo la digo a la parienta, esto es la gata de Juan Ramos, o sea uno de esos reclamos con segundas, para entendernos. Ella que por preguntar nada se pierde, pero yo ya no me fío ni de mi padre que gloria haya. Así y todo lo recorté y lo metí en la cartera: «Caballero distinguido necesita acompañante por horas. Bien retribuido. Se exige discreción y buena presencia. Inútil sin informes». Eso dice. Durante la comida, la parienta volvió a la carga, pero lo que yo la dije, ¿a santo de qué no dice dónde debo acompañarle? ¿Por qué para hacer de lazarillo necesito buena presencia? Aquí hay gato encerrado. La parienta acabó atufándose y salió con que, si tanto desconfiaba, ella se acercaría un momento para informarse. Tampoco se trata de eso, me parece a mí.

25 *noviembre*

Pasé más nervios esta tarde que un debutante en plaza. A las siete y media ya andaba paseando la calle, y a las menos cuarto cogí el ascensor y tiré para arriba con más miedo que vergüenza. La casa es vieja, de techos altos y gruesas alfombras, y en la sala donde aguardé había una partida de cuadros de esos oscuros que no les harían ascos en el museo. Doña Heroína, la señora que me atendió, es tan vieja como la casa, pero a la legua se ve que tiene clase. Me habló de su hermano, que había sido muy deportista, pero que ahora, a causa de una lesión, trabucaba el paso y necesitaba un apoyo, y que ni ella ni sus hermanas, por razones de trabajo, podían prestárselo. Sus modales eran tan finos que yo andaba gustoso allí, oyéndola parlar, y, antes de que la preguntara por los cuartos, ya me estaba diciendo que me abonarían a setecientas cincuenta pelas la hora, tanto si salía de paseo como si me quedaba en casa, y que, unos días con otros, me necesitarían un par de horas, unos más y otros menos. Hablaba como pidiendo disculpas, y cuando me dijo que, debido a su impedimento, a lo mejor tendría que ayudar a su hermano a calzarse, le dije que tranquila, que no por eso se me iban a caer los anillos. Al cabo de un rato me preguntó si tenía automóvil, y cuando la dije que sí aclaró que a su hermano no le daban carné pero, debido a su condición de hombre público, necesitaría que le trasladase de un sitio a otro, abonando el kilómetro al precio convenido. Doña Heroína viste de lila y lleva una gargantilla de terciopelo en el pescuezo, y es tan sencilla de trato que de balde la hubiera servido yo. La dije mi verdad, que para el mes que viene vendería el R-6 y me mercaría un Renault-11, que era un coche con más prestaciones y más capaz, pero para mis adentros ya andaba yo calculando que, paseando un par de horas al impedido y haciéndole de taxi de vez en cuando, mal habrían de ir las cosas para no ingresar un mes con otro las cincuenta mil del ala. Un poco acobardada, la vieja me dijo que «le había hecho buena impresión», pero que los tiempos no eran de fiar y le gustaría algún informe, y así que le cité el Centro y FUTESA, veinte años en cada, se le subió el pavo y que disculpase, que eso era más que suficiente. Cuando se puso de pie, a poco agarro una liebre por adelantarme a ella y, ya en la puerta, me dijo que, si no me importaba, volviese el jueves a la misma hora y si, como esperaba, su hermano y sus hermanas lo aprobaban, enseguida podría empezar a trabajar. Me largué de allí con cara de pascua, aunque luego la parienta me bajara los humos con eso de que hoy en día una canguro se saca las mil por hora sólo con mirar y que si para tanto como eso había que comprar un coche, aviados iban los ahorros. Candé el pico por no poner peor las cosas.

28 *noviembre*

Doña Heroína me presentó hoy a la familia. Doña Asunción, la segunda, tiene el pelo azul y no es muy parlanchina que digamos, o sea lo contrario que doña Cuca, la tercera, tan flaca y fina de voz que en lugar de hablar parece gorjeara como los pájaros. Pero a la legua se ve que todas ellas son señoritas de cuna. Por el aquel de la educación, agaché la cabeza al darlas la mano como corresponde. Y, al cabo de un rato, doña Asunción salió y volvió con don Tadeo, un viejo alto, flaco, de cara curtida y bigote blanco, pero tan torpe de movimientos que, a pesar del bastón, apenas si se tiene en pie. Y allí anduvimos de palique los cinco, él con el bastón entre las piernas, en la mano un solitario que no se lo salta un torero y una pulsera dorada en la muñeca izquierda para esas cosas de la reúma. Enseguida se nota que tuvo buenos pañales, como las hermanas, pero cuando me dijo que siempre fue buen deportista y lo de la pierna se lo hizo jugando al tenis, me dije para entre mí, a otro perro con ese hueso, porque lo suyo no viene de una lesión sino de arriba, de la azotea, de donde salen las órdenes, como yo digo. Yo no hacía más que mirarle el moreno de la cara, a saber si por el sol o por los rayos esos que usan ahora, pero cuando dijo que, si no me importaba, el mejor rato para salir era sobre mediodía, porque a primera hora de la mañana él escribía, se me hizo la luz y le pregunté si no sería él, por casualidad, don Tadeo Piera, el poeta. Él sonrió complacido, que a nadie le amarga un dulce, que talmente, pero no por casualidad, sino por la gracia de Dios, poeta e hijo predilecto de la ciudad. Le comenté que le había sacado por las fotografías de los periódicos y por la tele autonómica y, a juzgar por el guirigay de doña Cuca y las cabezadas de doña Heroína, les gustó que yo le reconociera más que comer con los dedos. Quedamos citados mañana a las doce para salir un rato y, si el tiempo está alborotado, ejercitar un poco las piernas por el pasillo. La Anita mandó hoy quince cartas al *Un, dos, tres...*, para sufridores. A ver si nos llaman de una puñetera vez.

29 noviembre

La chica me aclaró que era la mucama, y su gracia Prisca, y ya por los ojos la había sacado yo que era de allá, colombiana, guatemalteca o de donde sea, india. Me sonrió cuando le dije que también yo había estado un año en Chile. ¿Ahorita no más?, me preguntó. La desengañé, que estuve allá de recién casado y ahora tenía dos nietos, de modo que echase cuentas. Me pasó al despacho de don Tadeo. ¡Madre, este hombre debe ser un pozo de ciencia! Los libros no dejan ver las paredes y, entre ellos, mete los cuadros para que abulten más. Detrás de la mesa, en un cacho pared libre, tiene fotografías con gente importante, la última, de más joven, dando la mano al rey. Cuando salimos a la calle me di cuenta de la que me ha caído encima. El señor Piera da unos pasitos tan cortos como los de un niño y se agarra a mi brazo izquierdo como una lapa. Le dije que caminara tranquilo, que no le iba a dejar caer, pero a él todo se le volvía decir que le chocaba que yo fuese zurdo. Por distraerle, le pregunté, con segundas, si se produjo la lesión al cogerle la pelota con los pies cambiados, y él que no, que cayó de espaldas al pegar un *smash* y se golpeó la cabeza. Entonces le pregunté, con las del beri, si la cojera no sería a causa del golpe, y él que nones, que la cabeza nada tenía que ver con el tema. Íbamos tan calmudos que el personal se paraba para vernos pasar y, como don Tadeo es un hombre público, la gente le saludaba. Desde la esquina de su calle hasta el quiosco donde compró el *ABC*, doscientos metros a todo tirar, la echamos larga, diecisiete minutos de reloj, que se dice pronto. Yo me ponía a mil, pero por dentro me decía para calmarme: paciencia, Lorenzo, hazte a la idea de que son dos billetes; pero ni por ésas, siempre he sido un culo de mal asiento y la pachorra me descompone. El paseo no ha llegado a las dos horas pero se me ha hecho una eternidad y el bíceps del brazo izquierdo lo tengo tronzado. Se lo dije a la parienta pero ella se subió a la parra, que a ver si lo iba a dejar ahora después de solicitar un Renault-11 nuevo, y lo que yo la dije, que nadie había hablado de dejarlo, pero que si uno ya no puede ni desahogarse en casa, mejor echarse una querida. Saltó como una pantera, los ojos bizcos. A la parienta nada como mentarla la competencia para sacarla de sus casillas. De novios ya las gastaba así.

1 *diciembre*

Estrené el Renault para llevar a don Tadeo al entierro de un colega. Aunque no dijo ni pío, el bote rodó como una seda, ésta es la verdad. Don Tadeo iba detrás, bien repantingado, y yo, conduciendo, con pantalón gris y cazadora negra, que no se diga que el luto de mi patrón me trae al fresco. Me interesé por el muerto y él, que el pobre hombre no valía ni el papel que manchaba, pero en provincias ya se sabe. A la puerta del camposanto me junté con el grupo de escritores, pero don Tadeo dio el brazo a un señor fuerte con voz de pito, y me dijo que yo no, que me quedara aguardando a la puerta. De regreso le pregunté por el señor fuerte con voz de pito, y él, que poeta también, un marmolillo que no sabía hacer una O con un canuto. Por seguirle la corriente, le dije que si peor todavía que el muerto, y él alzó los hombros y que tal para cual, del mismo paño, pero lo cierto es que, cuando el coche arrancó, se volvía del revés dándole de mano por la ventanilla.

2 diciembre

Mientras aguardaba a don Tadeo en su despacho reparé en una carpeta abierta, como al descuido, sobre la mesa. Estaba llena de recortes de periódicos, noticias, entrevistas y conferencias suyas. No hay quien me quite de la cabeza que el gicho la ha dejado aposta, para que yo me entere de con quién me gasto los cuartos. ¡No te amuela! En un recorte de un periódico de Madrid le ponen por las nubes, ésta es la pura verdad, tal como si don Tadeo fuera Dios. Eminente, le llaman, y, luego, refiriéndose a su conferencia «El vate y su disciplina», dicen que es el breviario del poeta, que nadie podrá escribir en el futuro una poesía sin saberse de carrerilla estas páginas. De que le sentí llegar metí todo en la carpeta y me puse a mirar la fotografía del rey como si nada. Él sólo dijo que había dejado los papeles sin recoger y guardó la carpeta en la librería, delante de mis narices, para que yo sepa dónde está y pueda echarle un vistazo cuando me dé la gana.

4 diciembre

La fetén es que con este zorronglón a cuestas se queda uno como un sorbete. Hoy andaba el termómetro a cinco grados bajo cero pero el patrón ni enterarse. Pasito a paso echamos dieciséis minutos en llegar al quiosco a por el *ABC*. A la vuelta, le apremié para ganar tiempo, pero, a medio camino, se paró en seco y me preguntó si es que pretendía deshacerme de él. Le contesté que qué cosas, que si le llevaba más agudo era para evitar que cogiera un resfriado, pero él que eso no, que ha pasado media vida en la montaña y le agrada el viento de nieve o, por mejor decir, ni lo siente. Después me preguntó si no sería yo quien lo sentía, y entonces reconocí que estaba esmorecido. Y ahí me cogió el toro: ¿Es que no tiene usted abrigo?, me dijo. No gasto, le respondí lealmente, y él, pues ahora lo tendrá que gastar puesto que debe caminar al paso de un impedido y, si no lo tomase a mal, con gusto le regalaría uno. No tuve coraje para negarme y, a lo bobo, a lo bobo, me fue liando, que era un gabán de vestir, que se le quedó chico sin usarlo, que es de un paño de Béjar especial... Y, así que regresamos a casa, le preguntó a su hermana Heroína dónde estaba el gabán azul con cuello de terciopelo, y su hermana, en el ropero está, Tadeo, muerto de risa, y antes de que reaccionara, ya tenía el gabán puesto. La fetén es que siempre me dio por la ropa y del abrigo de don Tadeo se podrá decir lo que se quiera menos que no es una prenda bien cortada. De hecho me cae como un guante. Pero lo que yo digo, ¿dónde voy con este gabán si, quitando el del uniforme del Centro, no gasté uno en mi puñetera vida? Todavía intenté resistirme, más de boquilla que de otra cosa, pero con doña Heroína no vale de nada llorar con un ojo. Me dijo que me estaba pintado, que me lo llevase puesto y no hiciera tonterías. Luego, en casa, la Anita no se cansaba de mirarme, que qué prenda, qué corte, qué hechuras, que me diera la vuelta, que ahora del otro lado, que parecía un figurín.

5 diciembre

Se me hace a mí que todo el mundo es a mirarme. Bien mirado, me la trae floja, pero ¿y si un buen día me topo con el Tochano en plena calle Principal? A Melecio y Partemio, por si las moscas, ya les he anticipado que me he colocado de acompañante con don Tadeo Piera, el poeta, que anda muy torpe, aunque no les dije palabra acerca del uniforme.

6 diciembre

Don Tadeo no mejora; es un madero. Esa cojera suya si no le viene de la terraza es de mala circulación, me juego doble contra sencillo. Porque, a fin de cuentas, el pie es lo de menos. Todo el costado izquierdo lo tiene como entumido y apenas si puede sostener el bastón con la mano de ese lado.

A la mucama la veo cada mañana y cada mañana me sonríe y me dice lo mismo: ¿El señor? Recién viene llegando. Y yo le doy las gracias y la llamo Prisca, que también el nombrecito se las trae. Hoy le pregunté, a intención, por la pierna de don Tadeo, y ella que el día que le dio el telele anduvo muy enfermo, sin poder abrir los ojos ni nada, y las tres señoritas eran a llorar, que, más que hermanas, las tres parecen enamoradas. A la Prisca esta, o como se llame, no le falta razón: las tres viejas se miran en el hermano. De ordinario no las veo, pero cuando aparecen todo se las vuelve piropearle, arreglarle el nudo de la corbata o abrocharle el botón de la americana. Y el día que doña Cuca se quedó en casa resfriada, me estuvo enseñando todo el tiempo fotos de su hermano, de tenista, de esquiador y, sobre todo, de cuando la guerra, que se le caía la baba, que cómo le sentaba el traje de campaña, Lorenzo, que más parecía Gary Cooper que un señor corriente y moliente. Así nos tiramos media hora de reloj, que se dice pronto. Menos mal que, a efectos laborales, el tiempo de espera corre parigual que si estuviera currando.

7 diciembre

De mañana me telefoneó el Partemio que habían hospitalizado a Ovejero. El vaina no se aclaraba o no quería aclararse; que si la UVI, que si un lavado de estómago, que si veinte tabletas de barbitúricos, que si tal, que si cual. Estaba como un flan. Total, que Ovejero había decidido cortar por lo sano y se había atizado un tubo de somníferos. Para suerte que hoy entró en la cantina un cliente a primera hora, lo encontró privado, envió razón y los médicos consiguieron volverle. Partemio se empeñó en facilitarme una tarjeta para visitarle, pero lo que yo le dije, que un sobrino del hermano de mi cuñado, que gloria haya, estaba en Urgencias, con lo que yo entraba y salía del hospital como Pedro por su casa. ¡Sólo faltaría! La señora y la suegra de Ovejero no hacían más que moquitear. Y lo que yo les dije, que la cosa no era para tanto y, visto lo visto, lo prudente era dar el traspaso a la cantina y vivir hoy del paro y mañana de la pensión. Que eso no se lo iba a quitar nadie. Que perder un par de kilitos malo es, pero no como para morir por ello. A última hora parecían tan campantes.

10 *diciembre*

Hoy solamente quince minutos y veinte segundos en llegar al quiosco a por el *ABC*. Un récord. De salida ya vi a don Tadeo más espabiladillo que de costumbre y así se lo dije: Esa lesión va pero que mucho mejor, don Tadeo. Le cogí en fuera de juego: ¿Qué lesión? Concho, ¿cuál va a ser?; la de su pierna, la del tenis, le dije. Se quedó quieto parado y durante cinco minutos no dijo esta boca es mía. Entonces fui y le hice un cambio de tercio. Le pregunté por qué ahora los versos no pegaban, que yo tenía entendido que siempre tenían que pegar, que eso era un verso, pero él que no, que la poesía no era la rima, que la poesía estaba en la combinación de las palabras, pegasen o no.

Luego se interesó por si yo había escrito poesía alguna vez. Y lo que yo le dije, de qué, don Tadeo, por más que en el Centro, donde anduve veinte años, tenía trato con gente culta y algo se pegaba, pero escribir versos, lo que se dice escribir versos, nunca me dio por ahí. Con unas cosas y otras se nos hizo la hora de comer en un verbo. Cuando el tiempo suavice todo será coser y cantar. Hoy se notaba el relente y me subí el cuello del gabán, pero don Tadeo me hizo ver que este tipo de abrigos de vestir no se prestaban a usos deportivos y que, si sentía frío en la garganta, él me regalaría un fular. Me bajé el cuello a escape y le dije que nones con tales bríos que no volvió a mentar el fular en toda la mañana. ¡Sólo me faltaba ahora un fular!

13 *diciembre*

Hoy ganó la chavala trece mil del ala, con un cartón, en el bingo de la esquina. No cabía en su pellejo. Lo que no cuenta son los billetes y los paseos que le ha costado ganar esa miseria.

14 *diciembre*

Amaneció Dios con cielo despejado y pasamos el rato en el parque tomando el sol. Don Tadeo había comprado el *ABC* y estuvo echándole un vistazo. En las primeras páginas venía una foto del Duque, muy puesto, y don Tadeo salió con que este tipo había sabido cambiar de chaqueta a tiempo, y que qué opinaba yo al respecto. Le dije mi verdad, que de política ni pun, o sea que no entendía, pero él dale que te pego, que lo que sí sabría es que ese pájaro había sido un poquito traidor. Le repliqué que yo tenía al señor Suárez por valiente desde la noche del 23-F, cuando se quedó sentado en el estrado, como si tal cosa, mientras sonaban los tiros y los demás se metían debajo de la mesa; y que fue el único. Don Tadeo se mosqueó y que único no, que el señor Carrillo hizo lo propio. Y entonces me recordé y le dije que tate, que los dos, sólo que el señor Carrillo estaba sentado de media anqueta echando un pito y más que la chola se le veía el humo del cigarrillo. De todas maneras, añadió él, el Duque dejó a mucho conmilitón en la estacada mientras se afanaba en hacer carrera. ¡Grande de España! ¿Se da usted cuenta de lo que significa hacer grande de España a un botarate semejante?

No sabía dónde quería ir a parar, pero sonreí para que no se alterara, y él entonces se levantó del banco y, sin aguardar respuesta, se puso a caminar. En los veinticinco minutos que tardamos en llegar a casa no me dirigió la palabra. ¡El que se pica, ajos come!

15 *diciembre*

Prisca, la india, me anunció que don Tadeo estaba escribiendo unas cartas y que demoraría un ratito. Le pregunté para qué quería el despacho y ella que en invierno el gabinete era más abrigado. Le dije que bien y anduve un rato curioseando en la carpeta de las entrevistas. A don Tadeo todo se le vuelve decir que la infancia es un tesoro, pero la vida es un desatino, y los niños no la disfrutan en su afán por hacerse hombres. Está bien traído. Más adelante tropecé con un recorte de cuando le hicieron hijo predilecto de la ciudad y en su discurso dijo que nunca sintió deseos de abandonarla cuando ayer, sin ir más lejos, me decía que su gran error había sido «afincarse de por vida en esta ciudad cochambrosa». ¡Échale hilo a la cometa! Me estuve aprendiendo algunas preguntas para luego hacérselas yo y ganar en su estimación. Así, por ejemplo, le pregunté por qué escribía, y aunque en la prensa responde que para comunicarse, a mí me dijo que para no morir del todo, que si el día de mañana alguien recordara un verso suyo, eso significaría que aún seguía en el mundo. Me hice el tolondro y le participé que otros decían que escribían para comunicarse y él rompió a reír, me apretó la bola y que paparruchas, Lorenzo, que comunicarse con quién. En una de éstas se quedó quieto parado mirándome y me dijo que, si me lo propusiera, podría llegar a ser un buen reportero.

Pasé por el hospital a visitar a Ovejero pero el pájaro había volado. Mandamos otras nueve cartas a *El precio justo* pero nos ocurrirá lo de siempre. Para mí que estos concursos están conchabados de antemano.

17 *diciembre*

Telefoneó el Lorencín, que no me habría herniado con las diez mil del ala, pero lo que su madre le dijo, que qué nos daba él a cambio. El cipote confesó que esperaba un kilito de los siete de la jubilación, pero lo que la parienta le dijo, que el trabajo de toda una vida merecía un respeto. Luego, por hablar de algo, le conté lo de don Tadeo Piera, lo de acompañante, pero él lo tomó por donde quema y que si a mi edad no encontraba nada más digno que ponerme a servir a un viejo loco.

La Sorayita, la nena, anda con las anginas enconadas. Eso ya es peor. Total, que no vendrán para Nochebuena. La yaya se puso murria y que el Lorenzo siquiera llamaba aunque fuera para pedir, pero lo que es la otra ni llama, ni escribe, ni sabemos dónde para; año y medio que se largó y si te he visto no me acuerdo. Lo que yo la dije, una chavala de buen ver, a los veinte años, con un empleo bien retribuido y en una isla turística, ¿para qué necesita telefonear? La parienta se atocinó y que de veinte años nada, monada, que la Sonia no cumplía ya los veinticinco y en cuanto a lo del empleo no lo diría por las ATS, que sudar sí sudan la gota gorda, pero los ingresos no marchan en proporción. Al cabo salió con la de siempre, que por qué no se casa, que una mujer a esa edad no está bien sola. ¿Sola la Sonia?, pensé para mis adentros, pero candé el pico por no poner peor las cosas.

20 diciembre

Ovejero y el Partemio se han asociado para explotar el puesto de pan y fruta. Ovejero aportó los tres kilitos del traspaso del bar y el Partemio la diferencia. Los dos van a sueldo y los beneficios a partes proporcionales al capital. Gedeón Baruque, profesor mercantil, conocido de un primo de Ovejero, les ha hecho el trato. Así deben hacerse las cosas. Si Ovejero se hubiese buscado un asesor a tiempo, se hubiera ahorrado los dos millones de la cantina. Medio en broma medio en serio les dije que, llegado el caso, aún podía arrimar yo otro par de kilos para lo que se terciase, pero Partemio, que es un rácano, que nones, que esto es empresa de dos, que para uno quedaba corta pero tres resultaban demasiados.

22 *diciembre*

Con ocasión de las fiestas, don Tadeo me dedicó esta mañana su último libro: *El paraíso enigmático*. Es un libro ensoñador, me dijo, cosa comprensible puesto que yo, en el fondo, soy un nostálgico. La verdad es que no entendía la dedicatoria, pues don Tadeo tiene una escritura así, más bien enrevesada, pero él, muy amable, me lo tradujo: «A Lorenzo, mis pies y mis manos, con afecto», dijo. Está bien traído, pero quizá sea un poco exagerado, don Tadeo, le comenté; como mucho digamos que soy su bastón. Paseamos un rato por la calle Principal, pero soplaba un regañón tan fino que acabamos sentándonos en la pajarera del Medellín. Me había olvidado ya del abrigo pero, con él puesto, el libro en el velador y la cerveza a mano, debía de parecer un señor. Y en éstas andaba cuando vi venir al Tochano con un tal Acisclo, también de la UGT, y me dije: «Tierra trágame». Pero el Tochano ya me había guipado y, al pasar, se asomó a la puerta de la pajarera y voceó con toda su alma: ¡Usted lo pase bien, don Lorenzo! Le hice señas disimuladamente con la mano para que se largara pero don Tadeo, intrigado, que quién era ese macarra, y lo que yo le dije, más que macarra, don Tadeo, un poco cheche. No me entendía y yo le expliqué que ese amigo porfiaba que fue siempre del PSOE pero lo cierto es que se crió a los pechos de la OJE y de Educación y Descanso. Don Tadeo saltó entonces que le dijera qué otra cosa había hecho el Duque, que no se quitó la sahariana blanca desde la primera comunión, y lo que yo le dije, otros también la llevaron, don Tadeo, desengáñese, pero el 23-F se metieron debajo de la mesa en cuanto sonó un tiro. Don Tadeo se atufó: Y dale con el 23-F; usted, Lorenzo, confunde al Duque con Supermán. Y lo que yo le dije, mire usted, don Tadeo, en esa circunstancia, el Supermán de seguro no le hubiera echado más valor. Se puso de morros y no volvió a hablarme en toda la santa mañana. ¡Anda y que le den morcilla! Si me ha contratado para que le diga a todo amén, está listo.

23 *diciembre*

Doña Asunción me recibió hoy con una libreta en la mano, me hizo sentar a la mesa del despacho, arrancó la primera hoja llena de sumas y restas y me la entregó, preguntándome si lo entendía. Y allí había anotado diariamente las horas desde que empecé a trabajar, mi servicio la mañana del funeral, mis esperas en la casa, todo con mucho primor, y, al final, ponía: A entregar: 54.560 pesetas. Se ve que esta señora habla poco pero se fija. Me preguntó si estaba conforme y yo que qué hacer, sí señora, y agradecido. Entonces ella puso sobre la mesa, billete a billete, las cincuenta y cuatro, y me dio las quinientas sesenta en calderilla. Antes de que las guardara dijo que estaban contentas conmigo, y su hermano tal cual, de modo y manera que si por mi parte no había queja, seguiríamos lo mismo hasta nueva orden. Ya en casa, la chavala, de que vio el fajo, se echó el abrigo por los hombros y se bajó un rato al bingo. Yo rellenaré mañana unas múltiples para hacer honor a la primera soldada.

24 *diciembre*

Justo al empezar el culebrón, sonó el timbre de la puerta. Un pobre, dijo la Anita. Conque me levanto, abro, y me topo con la Sonia y un individuo con un pendiente en la oreja y un montón de bolsas y bultos de mano. La Sonia, con mucho remango, me pegó dos besos y que allí estaba ella y aquí el Terry, su hombre, y que, ambos a dos, habían decidido celebrar las fiestas con nosotros. Yo me quedé quieto parado, la verdad, sin saber qué decir, pero la parienta, que había andado al loro, asomó como un cohete y que tan pronto pasaran por la vicaría allí tenía una cama ese señor Terry, faltaría más, pero mientras tanto, puerta. La Sonia siempre tuvo correa y le dijo al tal Terry que ya lo había oído, que se largara y la aguardase en la pensión, pero el otro que ni hablar del peluquín, que o se iban los dos juntos o de hoy en un año, que para tanto como eso no se había venido él desde Palma de Mallorca. La Sonia se puso arrabalera y que si quería aguardar, aguardase, y en caso contrario ya sabía el camino. Y él fue, entonces, agarró tres bolsas y una maleta y se marchó con viento fresco. La Sonia, como si nada, se puso a darme achuchones y yo le pedí una explicación, pero ella sólo dijo que al Terry le había conocido el día de la Virgen en una fiesta y que era un poquito gilipollas, pero que tipos de esa calaña los tenía así (y apiñaba los dedos) en la isla, con lo cual el Terry y su pendiente podían irse a tomar por el saco. Le comenté que vaya pico que se gastaba, y ella que qué tenía de extraño, que era el signo de los tiempos, que ella no lo había inventado. La Sonia quiso echar una mano a su madre, pero como ésta no abría la boca, la otra se plantó y le dijo que si iba a estar así, chiticallando, los tres días de la visita, agarraba el dos y si te he visto no me acuerdo, que ella se había acercado a vernos y no a aguantar caras de guardia. La parienta, que tiene respuestas para todo, le dijo que de acuerdo, que ésta era su casa y tenía la puerta abierta, pero que la próxima vez que viniera a visitarnos dejara los tiburones en la isla.

26 *diciembre*

¡No te giba! Esta mañana la Sonia se arrancó a llorar en plena calle de que vio a don Tadeo colgado de mi brazo. Luego, en casa, me preguntó si tan apurados andábamos, y lo que yo le dije, que la jubilación anticipada estaba bien sabiéndola administrar, pero si cogías los siete kilos con una mano y los fundías con la otra te habías caído con todo el equipo. La Sonia salió entonces con la del otro, lo jodido que resultaba verme sirviendo a los sesenta años, pero lo que su madre le dijo, ¿y es que tú no sirves a los enfermos, no les lavas el culo y les quitas inclusive la mierda de los calzones? La Sonia, tan terne, que así era, pero ella no cobraba de los cagados sino del Estado; que era una funcionaria. Me hizo gracia la salida. ¿Es que quieres decir, le dije, que si fuese el

Estado el que me pagara no estaría mal visto que yo pasease a un impedido? Tal cual, padre, así es la vida; y, para que te enteres, hoy en día todo lo que no sea servir al Estado es una forma de esclavitud. ¡Toma del frasco!

27 diciembre

Como quien no quiere la cosa, don Tadeo me preguntó hoy si había leído su libro. Le dije mi verdad, que lo había empezado pero se me hacía un poco trabalenguas. Él se perdió por el pico y me confesó que, de primeras, escribía clara su poesía, pero luego oscurecía los versos porque, de lo contrario, nadie le tomaba en serio. Le pregunté si es que la poesía debía ser enredosa, y él, que algo parecido a eso, que la poesía que se entiende a la primera es poesía facilona y hoy no hay poeta que se estime que quiera hacer poesía facilona. Tan entretenidos andábamos que don Tadeo pegó un traspiés y no besó el santo el suelo de verdadero milagro.

La Sonia se largó a media tarde. El capullo del pendiente vino a recogerla en un taxi.

28 diciembre

La parienta y yo nos pusimos de tiros largos para la inauguración de la tienda del Partemio. Por la mañana había lavado el bote pero no encontraba dónde aparcar y, para no retrasarnos más, lo metí en la acera en la calle La Libertad, que la tiene bien ancha. La chavala se había colocado la capota del velo y los zapatos de tacón alto y yo el traje azul y la corbata roja tornasolada. La verdad es que íbamos como dos pinceles y por eso nos gibó más que allí no apareciera un alma. A la parienta todo se le volvía decir que no lo entendía, porque Partemio había telefoneado dos veces en la mañana, hasta que caí yo y la dije si se había dado cuenta que era 28 de diciembre. El Partemio se pinta solo para estas camamas, aunque lo cierto es que ya no estamos en edad de jugar a los despropósitos. Como remate me encontré una multa en el parabrisas que guardé para la colección.

30 diciembre

Los sábados don Tadeo se lustra los zapatos en un limpia del Medellín. Y cada vez que le veo me recuerdo del Lustre Español que monté allá, en Chile, hace un montón de años, y las calamidades que pasé a cuenta de los rotos. Pero no sé si porque eran otros tiempos o porque las ideas de uno van cambiando con los años, hoy no veo bien que un hombre se tire a los pies de otro para sacarle brillo a sus zapatos. Don Tadeo, en cambio, se deja querer y cuanto más le soben los pinreles, mejor. Hoy le dije mi verdad, que cada vez que le lustraban parecía que entrara en trance, y él reconoció que así era, porque nada tan agradable como que un quídam nos sobe los pies por cuatro perras gordas.

2 enero

El año ha entrado tiritando. Se hiela la moquita, se hielan los charcos y el parque está blanco como después de una nevada. El hombre del tiempo aclaró ayer que eso no es nieve sino cencellas, pero en Pagoda, el pueblo de mi abuelo, llamaban carama a estas asperezas. En vista del tiempo, Prisca me anunció que el señor tomaría las once en la cama y que le aguardase en el despacho. Me senté a la mesa con la carpeta de los recortes y pasé el rato. El patrón es un tipo curioso. Los niños y los pobres son para él la única verdad del mundo. De los pobres dice que hay que cortar de arriba y añadir de abajo para que en el mundo reine la justicia. Pero lo que yo digo, el día que añadan de abajo ¿quién va a lustrarle las botas en la pajarera del Medellín? En una de éstas cayó de entre los recortes una fotografía antigua. Era de don Tadeo, un don Tadeo joven y rubio, con el pelo planchado, y una sahariana blanca, saludando brazo en alto al Duque, que estaba tras una mesa. Y allí andaba con ellos don Ángel Lecumberri, el dueño del café del Norte, con treinta años menos, cantando. Remiré la fotografía y sin ninguna duda la sahariana mejor cortada, con diferencia, era la de don Tadeo. Luego, en el paseo, le dije que a él, por su edad, le tocaría hacer la guerra, y él que qué hacer, con Yagüe desde el primer día, y luego de alférez provisional, en El Pingarrón y la Marañosa, pero que ni en un sitio ni en otro se topó con el Duque, con todo su golpe de camisa vieja. Ya le advertí que, en aquellos entonces, el Duque sería un mamoncillo, si es que había nacido, pero él perdió la chaveta y que cuando uno tiene ideales y un par de compañeros la edad no cuenta. El gicho la ha cogido modorra con el Duque.

5 enero

Sigue el frío. El parque parece de cristal y hasta el estanque se ha helado. Hoy se nos acercó un pobre y don Tadeo le largó con cajas destempladas. También puso a caldo al limpia del Medellín porque le untó de betún los bajos de los pantalones. La parienta sigue achucharrada. Desde el día de Navidad no levanta cabeza. ¿Es que se pensaba que la Sonia vivía en Mallorca como Santa María Goretti?

7 enero

Don Tadeo volvió a preguntarme si había leído su libro. Le dije que sí para que callara la boca, pero lo cierto es que me he saltado tres cuartas partes. ¿Y qué?, me preguntó. Le respondí que bien, que allí donde uno abre el libro todo está en orden. Lo dije a lo bobo, por las líneas cortas y las largas, tan parejas, pero coló, y él que gracias, que eso era lo más hermoso que podían haberle dicho, que cuando uno, a cierta edad, hace un ofertorio, el orden debe ser lo primero. Me animé al oírle y entonces le guiñé un ojo y le dije que también había su poquito de sexo, pero eso, en contra de lo que esperaba, no le gustó un pelo y volvió a lo del orden. Se quedó un rato mirándome y acabó diciendo que hasta ahora era lo más inteligente que le habían dicho sobre su libro y que me quedaba muy reconocido.

8 enero

Hoy se nos acercó otro pobre implorando una caridad. Don Tadeo le mandó repetir su muletilla, y el pobre le dijo entonces que una limosnita para poder comer. ¿Para poder comer o para poder beber?, le replicó riendo don Tadeo. Y me apretaba la bola para que yo riera también y que qué me parecía. Yo me encogí de hombros y se lo dije, o sea que, a mi entender, el gobierno había blanqueado las tapias pero dentro quedaba aún mucha miseria. Él dijo entonces si no sabía que los diputados querían subirse el sueldo en un treinta y tres por ciento mientras el Ministerio de Economía aconsejaba no subir los salarios más del seis si no queríamos arruinar al país. Volvió a amasarme el bíceps, que es cosa que siempre hace cuando se pone nervioso, y que qué opinión me merecía todo esto. Yo carraspeé, para ganar tiempo, y al fin le dije lealmente que lo prudente sería que los diputados repartieran duros entre los pobres para que pudieran comprarse bocadillos. Vamos, a mi entender.

Cuando camina distraído, el patrón se tortolea menos y va más agudo. Hoy invertimos quince minutos en llegar al quiosco, pero hasta que no bajemos del cuarto de hora no me quedo contento.

9 enero

Esta noche tuve una gresca con la chavala a cuenta del dichoso *Un, dos, tres...*. Ella quería ir de protagonista pero ya la advertí que eso se quedaba para los niños bonitos, que a nuestra edad podíamos darnos con un canto en los dientes yendo de sufridores. Ella se puso en lo último, que si en una jaula, y lo que yo la dije, que a cambio de un chalé en Torrevieja y tres coches en batería no tendría inconveniente en dejarme encerrar en una jaula y con dos leones dentro. Ella que por qué no mandábamos fotos antiguas, o sea de novios o de recién casados, a ver si colaba, pero lo que yo la dije, y cuando descubran el pastel nos ponen de patitas en la calle. Total que nos enredamos a voces, esas zambras que cuanto más gritas, más grito, que no conducen a ninguna parte. Después de todo, la actitud de la parienta no es más que una cabezonada, ya que los sufridores se llevan el mismo premio que los protagonistas y sin necesidad de dar el callo además.

12 *enero*

Pasamos la tarde en casa. Al fin mandamos 26 cartas para sufridores al *Un, dos, tres...*. La chavala estaba hoy más pajarera. Dice muy seria que si le toca la Ruperta se pone al tren.

13 *enero*

Esta mañana me confesó don Tadeo que las opiniones de los críticos no le preocupan; que lo importante es la opinión de la gente sencilla aunque no esté familiarizada con la poesía. Por eso antaño gozaba con los juegos florales, pero ahora los poetas progres se los han cargado porque no soportan el silencio reprobador del pueblo. Así me lo dijo. Le notaba nervioso, y en estos casos me pega unos pellizcos en el bíceps que me deja el brazo para el arrastre. Y cuando eso ocurre ya sé que hay algo que no marcha y que más tarde o más temprano terminará soltándolo. Pero hoy no cantó la gallina hasta después de comprar el *ABC*. Entonces, se apoyó en la esquina del quiosco y me preguntó de sopetón si yo creía que él era un poeta pirotécnico. Le respondí que no, aunque no comprendía bien la pregunta. Y él que suponía que un poeta pirotécnico sería un poeta colorista, de muchos adornos; un poeta de fuegos artificiales. Yo asentía con la cabeza, porque en esos casos nada como dejarle largar, ya que si le interrumpo me deja la bola hecha trizas. Y él dale con que un tal Juan Bernáldez escribía esta semana en *El Cocodrilo* que en *Paraíso enigmático* el señor Piera se despachaba con su pirotecnia acostumbrada y que qué entendería por pirotecnia el señor Bernáldez. A saber, le dije, y él que lo que digan los críticos se lo pasa por la entrepierna; que Tadeo Piera no será más grande ni más pequeño porque lo digan media docena de indocumentados. Camino de casa, don Tadeo se detuvo y me dijo que él tenía seguramente algo de barroco, y yo que quizá sí, señor Piera, y él que incluso bastante de barroco, y yo, que quizá sí, señor Piera. Y él fue entonces y dijo malhumorado: Barroco pase, pero de seguro un pirotécnico no soy.

16 *enero*

A don Tadeo se le cae el párpado de arriba del ojo izquierdo como si quisiera guiñarlo. Hoy se lo comuniqué a doña Cuca y me respondió que, desde Navidad, su hermano anda preocupado con el tema. A ella, en cambio, no le inquieta; o sea le parece un tic, una picardía juvenil. Además, ¡como es tan guapo!, me dijo con entusiasmo. Al parecer las tres hermanas están de acuerdo, inclusive doña Heroína cree que el tic acentúa el aspecto varonil de su rostro. A mí se me ocurre que el párpado se cae de puro viejo, pero ¿qué adelanto llevándolas la contraria? Lo curioso es que todo le viene a este hombre por el mismo lado y bien pudiera ser lo del ojo otra reliquia de lo de la pierna. A mí él no me había dicho ni mus pero hoy, al dejarle en casa, me preguntó con mucha guasa si sabía por qué guiñaba el ojo izquierdo y, al contestarle yo que a saber, dijo con mucho retintín que para impedir que le deslumbrara su propia pirotecnia. El capullo la ha cogido modorra con el Bernáldez ese de los cojones. ¡Anda y que si le llegan a importar las críticas!

18 *enero*

Doña Heroína, que es el cerebro de la banda, me preguntó esta mañana si me importaría dedicar una hora del sábado o del domingo para llevar a misa a don Tadeo. Reconoció que ellas ya no podían con él y que cualquier día se les caía en plena calle y montaban el número. Me sorprendió el pedido, la verdad, pero ella debió de entender que titubeaba, porque se apresuró a decir que esa hora se pagaría al doble como extraordinaria que era. Pero lo cierto es que yo andaba pensando en los recortes, cuando don Tadeo le dice a un periodista que su ateísmo no era cosa de hoy, que ya se sentía ateo en el vientre de su madre. Así que le dije que de acuerdo, aunque tendría que consultar con mi señora qué día le iba mejor, si los sábados o los domingos.

22 *enero*

Doña Asunción me llevó discretamente al despacho y me entregó mis haberes y el recibo correspondiente escrito en el ordenador, sin deducciones ni coplas. Es mujer dispuesta ésta y, antes de marchar, me hizo firmar el recibo: 62.000 pelas líquidas. Me preguntó si estaba conforme y si me abrigaba el abrigo, y a las dos cosas le respondí que sí y que los que no opinaban lo mismo eran mis hijos. ¿Es que no les gusta el abrigo?, preguntó. Y lo que yo la dije, que no se trataba del abrigo, sino de que no les gustaba que me pagase por servirle el mismo imposibilitado. Ella dijo entonces que quién les gustaría que me pagase y yo que tenía entendido que el Estado o una empresa particular, pero que no me hiciera mucho caso, que a punto fijo no podía decírselo. Entonces doña Asunción me sugirió la posibilidad de extender la factura a nombre de Hijos de Edmundo Piera, la razón social de la joyería, y si me agradaba esa solución. Ya le dije que por mi parte no había inconveniente y que, aunque desconocía la opinión de mis hijos, podíamos probar. La fetén es que este mes, con las noventa del paro, las cincuenta del plazo y la soldada del patrón, la chavala y yo no necesitamos pedir limosna. Que me den los cuartos a nombre de la razón social o del impedido, a mí, personalmente, me la trae floja.

24 *enero*

Llevé a misa al señor Piera. Estuvo muy devoto el hombre, tanto que pensé que si los ateos son así cómo serán los creyentes. Intentó arrodillarse en la Elevación pero se lo saqué de la cabeza. No está usted para hacer títeres, le dije por lo bajo. Y es una verdad como un templo. La pierna izquierda no le aguanta y, en una de ésas, puede agarrar una liebre y pasar a la reserva. Hoy don Tadeo estaba tranquilo y llegué a casa con la bola en su sitio.

25 *enero*

Fuimos al médico por lo del ojo. Como es natural, yo no pasé a la consulta pero él y doña Heroína salieron tan ternes. Según ella, el doctor había dicho que lo del párpado era un tic y, a la edad de su hermano, los tics no se corrigen. Don Tadeo se atocinó, que no tomase el rábano por las hojas, que lo que el doctor había dicho era que lo de su ojo era una degeneración senil y que, al igual que los tics, no tenía tratamiento. Doña Heroína, que tanto daba, que con tic o sin tic, él seguía estando guapo y las chicas iban a rifárselo, porque el ojo guiñado le daba aires de conquistador. Total, que entre el paseo de la mañana y el médico por la tarde, hoy cayeron tres billetes que no son de despreciar.

29 enero

Esta mañana me encontré con el Toni en el vestíbulo, charlando con doña Heroína de cosas del negocio. Me lo presentó como el fornituras de la empresa. La verdad es que eso de fornituras suena mal en boca de una señora, pero si ella lo dice sus razones tendrá. El dichoso Toni es un tipo cuarentón, lampiño, con cara de arcángel, y una mirada brillante, un poco como de fiebre. Las manos son de manicura, eso fijo, y cuando don Tadeo le invitó a pasear con nosotros, le cogió del brazo y a mí me dejó tirado, de convoyante, como suele decirse. Al patrón todo se le volvía largar y reír a lo bobo, para llamar la atención del otro, pero se me hace a mí que al Tino o al Toni, o como se llame este capullo, el viejo le cae gordo o, por mejor decir, se la trae floja. ¡Vaya dos! Una vez en el parque, don Tadeo me mandó a por el *ABC*, y cuando volví hablaban del viaje del viernes y el viejo le animaba a retrasarlo porque le estaba haciendo un poema y quería leérselo de viva voz antes de que marchara. Toni salió con que le ponía en un brete y entonces don Tadeo le contó que Juan Bernáldez había dicho de él, en *El Cocodrilo*, que era un pirotécnico y que qué pensaba él al respecto. El Toni se sorprendió, y que precisamente *Paraíso enigmático* era un canto a la desolación humana y en esos temas cabían pocos fuegos de artificio. El patrón se fue entusiasmando según hablaba y terminó diciéndole que por el bien de la poesía era necesario que se viesen más a menudo y que podría recomendarle a De Blas, el joyero de la plaza, si fuera preciso. A casa volví de convoyante, tal como había ido, pero, sin comerlo ni beberlo, cayó otro billete y medio, que no está mal.

31 enero

Con la remesa de don Tadeo, la Anita y yo subimos la cuesta de enero sin enterarnos. No sé si mi oficio será digno o no, pero yo creo que con sesenta billetes se paga la peonada.

Hoy telefoneó Lorencín y aproveché para preguntarle si le parecía de mejor tono cobrar de la empresa de don Tadeo que del propio don Tadeo, y él que tranquilo, macho, que lo dejase estar, que lo que había que mirar en definitiva es si yo era un empleado o un criado. Que eso es lo único que interesa. ¡Toma del frasco!

11 *febrero*

Partemio se salió con la suya. Nada de senos para el pan y vasares para la fruta. Senos para todo. Eso sí, alicatados con baldosín blanco, de modo que cuando uno entra en la tienda no se le ocurre decir que está bonita, sino que está limpia, como debe ser. Con las cosas de comer no se juega. Pasé por allí antes de recoger al señor Piera y me cayó en gracia. La fruta la baja Arcadio del Mercado Central y no llama la atención ni por buena ni por mala, pero los lechuguinos de cuatro canteros son un monumento al trigo castellano. ¡Menudo pan! Le felicité al Partemio, aunque no estaba para nada. Los clientes se rifaban el género y, en lo que yo anduve allí, despachó más de docena y media de piezas. Parece ser que Justo Redondo, el panadero de Castrillo, o sea, el hijo, se los baja con la furgoneta antes de que amanezca. El negocio está bien traído y lo cierto es que con ocho kilitos han hecho milagros. Para San José, el santo de Pepita, la señora del Partemio, quieren inaugurarlo en el Don Sebastián con una fiesta por todo lo alto.

13 *febrero*

Acompañé a misa al señor Piera. El fantasmón de él no mejora. Yo le digo que sí pero no es cierto. Antes que una mentira lo que hago es una obra de caridad. Al quiosco no llegamos nunca en menos de diecisiete minutos. Pero el día que le coge el carro podemos echarle tranquilamente los veinte. Hoy me vino a la cabeza preguntarle por qué no jugaba a las quinielas. Bien mirado, que juegue o que no juegue me la trae floja, pero él me contestó que no creía en el azar, ni le gustaba el fútbol. Dos buenas razones para que te toquen, le dije yo. Pero él que pobre de aquel país cuyas mayores aspiraciones fuesen las quinielas y el cuponazo. ¡Manda cojones! El cipote tira con bala.

16 *febrero*

El patrón andaba esta mañana de mal café. Dice que no se explica que ayer le salieran bien las cosas y hoy no, cuando en apariencia nada ha cambiado. Le dije que no se fiara, que yo de joven me dejé el bigote y del lado derecho arrancaba recio pero del izquierdo no hacía vida. Él me salió entonces con que qué tenía que ver el culo con las témporas y yo, como si no le hubiera oído, que en invierno el bigote se helaba como un geranio y no me quedó otro remedio que cortarlo. De vuelta a casa me pidió que a las ocho le llevara al Ateneo, que un conocido suyo, don Rufo Peralta, daba una conferencia. De modo que, a las menos cuarto, nos cogimos el Renault y a las menos cinco en el Ateneo. El tal don Rufo se armó un taco regular, con que si el novelista era un inventor de mentiras, y mientras inventaba vidas de mentira no vivía la suya que era de verdad. Bien mirado, no dijo más. El señor Piera le aplaudió a rabiar, pero cuando se acercó a la tarima a saludarle el tal don Rufo ni le reconoció. El jefe se quedó cortado. Luego, ya en el coche, me dijo que el dichoso conferenciante era un marmolillo, que toda su vida había sido un marmolillo que se creía un clásico y no era más que un buñolero.

17 *febrero*

Don Tadeo andaba hoy un poco resfriado y le aguardé en el despacho fisgando papeles. A las doce y media se presentó doña Cuca, que no pega ni sello, con un álbum de fotografías.

Con su vocecita de pito me confesó que nunca tuvo novio porque siempre estuvo enamorada de su hermano, en plan platónico, desde luego, pero sobre todo le gustaba en traje de campaña. Y para demostrarme lo guapo que estaba vestido de soldado me traía el álbum de la guerra.

En éstas entró don Tadeo y que qué guerra ni qué ocho cuartos, que durante cuarenta años estuvieron haciéndole creer que ellos habían sido los buenos de la película, y ahora venían a decirle que no, que habían sido los malos, y que qué pensaba yo sobre el asunto. Lo que yo le dije, que a saber, que eso nunca se sabe, que para unos serían buenos y para otros malos, que, a fin de cuentas, ésa era la sal de la vida y que aviados estaríamos si todos fuéramos a pensar de la misma manera. De repente terció doña Cuca, me mostró una fotografía del señor Piera y que si yo creía que se podía ser malo con esa cara de ángel. A don Tadeo le subió la sangre a la cabeza pero candó el pico por no joder la marrana.

18 *febrero*

Pasé por el banco a echar un párrafo con José Antonio. Decididamente no me hago a la butaca articulada. Gira tan suavecito que en cuanto da media vuelta se me va la cabeza. Le dije mi verdad, que hoy todo dios habla de los milagros del dinero negro y que si no podríamos oscurecer un poco mis siete kilitos. El guaje la cogió al vuelo, que si iba de broma o que si hablaba en serio, que el dinero negro, como los hombres negros, nace ya de esa condición, y el mío, todo el mundo lo sabía, procedía de mi jubilación anticipada. Le pregunté, entonces, si no podríamos aumentar una miaja el rédito y me respondió que podía darme por contento si no lo bajaban, que el Estado achucha sin piedad a los establecimientos de crédito y el momento no era bueno. Después me salió con que si tenía algo que ver con el señor Piera, que me había visto por la calle de su brazo y que ya era suerte conocer a un personaje semejante. Me finché como un pavo real y le dije que todos los días dábamos juntos un garbeo, que entre los dos existía una buena amistad. Entonces se puso a hablarme de él, de su categoría como poeta, de sus modales, de su modestia, y no lo dejaba. Me recitó un verso de un tirón y, al acabar, dijo: Es del maestro. ¿Lo conocía usted por un casual, tío?

19 *febrero*

Al marchar a casa, doña Heroína me preguntó si no podría ir un rato por la tarde, que venían a ver a su hermano dos señores extranjeros y habría que servirles alguna bebida y a las seis, con toda seguridad, una tacita de té. Fui sincero y la confesé que me había negado a montar una churrería precisamente por no hacer de camarero pero ella, muy amable, que no comparase, que su casa no era un establecimiento público y que todo lo que hiciera esa tarde sería como amigo de su hermano y no como sirviente. Me doró tan bien la píldora que terminé por aceptar y, luego, no me pesó, pues tanto don John como don Richard son dos auténticos señores. Don Tadeo me presentó como su secretario y ellos don Lorenzo por arriba y don Lorenzo por abajo, eso sí, no me apearon del tratamiento. Prisca les hizo un té a las seis y yo se lo serví, muy claro y sin azúcar, aguachirle, como yo digo. El don John está escribiendo un libro sobre el señor Piera y no hacía más que hacerle preguntas que mi patrón contestaba muy despacio, con la mano en la frente, pensando las cosas, como debe ser. Estuvo muy atento con ellos y únicamente me dejó pegado cuando les habló de lo de la lesión de la pierna y que por ese motivo había reducido su actividad a la mitad. Don John le dijo entonces que afortunadamente un poeta no escribía con los pies y había de dar gracias a que la lesión no hubiera afectado a su cerebro. Al final, hablaron de cuando el señor Piera estuvo en América, y a las ocho seguían de cháchara pero yo ahuequé el ala. Con unas cosas y otras, mis emolumentos van aumentando y hay gente inteligente, como mi sobrino José Antonio, a quienes no sólo no les parece de mal tono que acompañe al señor Piera, sino que lo consideran un honor.

20 *febrero*

Si los ingresos siguen subiendo habrá que pensar en la parcelita. Desde chaval tengo metida en la sesera la idea de un chalé, y en El Sardón, el antiguo coto de Muro, venden parcelas a plazos, a precios arreglados.

21 *febrero*

Enchiqueraron otra vez al Mele. La droga dichosa puede más que él. Hoy arrastró calle abajo a una vieja de tres mil años, todo para quitarle el bolso con cuatrocientas pelas. Melecio no sabe qué determinación tomar; en cuatro años es la tercera vez que le enchironan y siempre sale peor que entró. Y lo que yo digo, ¿qué puede hacer un padre en una situación semejante? ¿Le va a arrimar candela al hijo a sus años? Porque el Mele ya no es un niño, los treinta y cinco ya no los cumple. ¿Y quién es el guapo que le hace cara y le dice que eso no, que se acabó? Conocí a una chavala española que la trincaron en Francia con dos papelinas, la metieron tres meses en la trena, bien vigilada, y volvió curada, sin mono ni leches; a puro huevo. En cambio aquí el que no se pincha fuera aprende a pincharse dentro, como yo digo.

El Melecio y la Amparo andaban esta tarde cada uno por su lado, como de costumbre. ¿Por qué no se juntan para buscar un remedio en vez de andar todo el día de Dios a la greña, echándose las culpas el uno al otro?

Al Melecio le conté lo del otro día, en casa de don Tadeo, con don John y don Richard, y él que es un mundo interesante ése, que si en mis apuntaciones acierto a dar una imagen íntima del señor Piera, lo mismo el día de mañana, cuando fallezca, le saco cuartos a mi cuaderno.

22 febrero

Doña Asunción me abonó la soldada, bien detallada, en una cuartilla: 65.700 cucas, que no está mal. Tres mil pelas me supuso la visita de don John y don Richard, casi seis las misas de don Tadeo y dos, peseta más, peseta menos, la conferencia de don Rufo Peralta. La Sonia puede decir lo que quiera, pero pesetas más fáciles de ganar no se encuentran en el mundo. La juventud anda implada de orgullo, pero mira dónde ha ido a parar el Mele con todo su orgullo.

24 febrero

Caí por el Hogar a echar un mus con los amiguetes. Con el Partemio ya no hay quien cuente. El gicho está entregado al vil metal y ni sabe por dónde le da el aire. El Tochano la cogió modorra con mi abrigo y no lo dejaba. A media partida me dijo que sabía de uno que quería denunciarme, y yo que a santo de qué, y él que por la sencilla razón de que un jubilado no puede trabajar. Le aclaré que jubilado no estaba, y él que cobrando el paro, más a su favor. Le pregunté el nombre del susodicho y él que se dice el pecado pero no el pecador, y yo, entonces, que qué le iba ni le venía al cipote ese que yo tuviera abrigo o no lo tuviera. El Tochano porfió que la había tomado conmigo y que, a su juicio, la calidad del abrigo ya le hacía sospechar unos ingresos extras. En éstas el Acisclo soltó el trapo y gibó la broma, pero, broma o no, el zascandil del Tochano me ha metido el resuello en el cuerpo.

25 febrero

Melecio me ha abierto los ojos con eso de que me pueden dar pasta por este diario. Estaría bueno que el día que el patrón la doble se presentara el don John ese de mis pecados a ofrecerme unos kilitos por él. En realidad, lo que haya sido este hombre, o sea mi jefe, no se me alcanza, pero hoy es un tipo atento y bien apersonado, eso no se puede discutir. La raya del pantalón no la mejora un sastre y ni en la bragueta le salen arrugas, prueba de que se plancha a conciencia. De camisa cambia cada mañana y si, por un casual, hay algún acto por la tarde, vuelve a mudarse. El guaje no llora los detergentes. Parte abajo de la boca, tiene una muela de oro, y arriba un postizo con cuatro piezas, y cuando sonríe se le ven los ganchos. Jura y perjura que no le gustaría ser académico, pero la señorita Cuca me ha dicho que desde que cumplió los cuarenta tiene todo preparado para el ingreso: el frac, la pechera y todo lo necesario, inclusive el discurso y el cordoncillo para la medalla con los colores nacionales. Es educado de natural, pero, a veces, en el parque, cuando cree que no le ve la gente, se suena la nariz tapándose un agujero con un dedo y soplando por el otro como los gañanes de los pueblos. Él asegura que lee un libro diario, pero en el despacho tiene uno, con la señal en la página 63, desde que entré a su servicio. Dice también que compadece a los pobres pero hace chacota de ellos, y si alguno le pide limosna sólo le falta correrle a gorrazos. En cambio, con aquellas personas de las que puede sacar algo, el gicho se baja los pantalones. A don Tadeo le petaría vivir en Madrid, donde se guisan las cosas, pero no ignora que la oportunidad se le ha pasado ya. En cualquier caso, don Tadeo es un tipo fino que se la coge con papel de fumar, como yo digo.

26 febrero

Este mediodía, a última hora, me tropecé con doña Heroína en el vestíbulo. Ya tenemos confianza y estuvimos un rato de cháchara. La elogié la cinta roja del cuello, que la favorecía, y ella que qué cosas, Lorenzo, que se está usted volviendo un adulador. Una vez metidos en harina le pregunté cómo un hombre tan galán como el señor Piera no se había casado, y ella que para qué, si en casa nunca le faltó de nada. La hice ver que entre una cosa y otra había una distancia y ella que a lo mejor no encontró proporción, que eso nunca se sabe. Ya en el terreno confidencial, me confesó que ellas se quedaron solteras por atenderle porque, en realidad, «las tres nos miramos en nuestro hermano». Sobre este particular no es fácil sacar nada en limpio. Y si don John se interesara mañana por la soltería de don Tadeo, estas notas no iban a servirle para gran cosa. O a lo mejor sí. ¿Qui lo sa?

28 *febrero*

Hoy dejé en casa el gabán y salí a cuerpo gentil. A don Tadeo le disgustó mi cazadora. Inclusive habló de regalarme una chaqueta. Ya le dije que ni hablar, que de eso había en casa, pero el capullo no se dio por enterado. Según él, en mi empleo hay una dependencia, porque si mi ropa le viste a él, la suya me viste a mí; o sea, el uno influye en el otro, nos completamos. Le respondí que, así las cosas, procuraría ponerme traje entero, y él que si mi traje era de confección. ¡No te giba! Me acaloré y le dije de mala leche que aguarde a verlo antes de determinar si se queda conmigo o cambia de lazarillo. Se puso a ladrar a la luna, que qué lazarillo ni qué ocho cuartos, que yo no era un lazarillo sino un acompañante, o, si lo prefería, un ayo, y ya se me hincharon las narices y le dije que el día que acepté el cargo hablamos de obligaciones pero no mentamos para nada el uniforme. Con el berrinche se tortoleaba más que de costumbre y tardamos veinticinco minutos de reloj en llegar al quiosco. De regreso, nos cogió una nube y la echamos larga metidos en un portal, aguardando que escampara, él mirando de reojo mi cazadora, y yo mirando cómo me miraba. Como diría mi difunto padre, que gloria haya, mañana será otro día.

1 *marzo*

Como esperaba, a don Tadeo no le gustó mi traje: las solapas, dijo, esas solaponas, Lorenzo, ya no se ven por el mundo; parecen alas. Yo pienso que un buen terno no depende de las solapas, y así se lo planté. Pero él porfió que un buen traje era todo y que comparase mis solapas con las suyas. Le dije que sí, que de acuerdo, que las suyas eran más chicas que las mías, pero que eso no quería decir que fuesen más elegantes. El señor Piera no quiso seguirme por ese camino pero se mosqueó, se negó a salir de casa y pasamos la mañana en la biblioteca ordenando libros. Al acabar, pedí ir al váter a lavarme las manos y doña Cuca me llevó al de la Prisca. De regreso, el patrón y su hermana andaban de cuchicheos, y, al verme, él desapareció y doña Heroína me rogó que no fuera tan testarudo, que si por una americana iba a perder la casa es que la tenía en muy poco aprecio. Le recordé que la ropa no entró en las condiciones y ella que de acuerdo, pero el hecho de que a su hermano le guste que vaya bien arreglado es una deferencia que debería agradecer. En éstas andábamos cuando se presentó doña Cuca piando como un pajarito: Lorenzo, Lorenzo, no me diga que por una tontería así nos va usted a dejar. Total que doña Heroína volvió con una americana príncipe de Gales, que, la verdad sea dicha, me caía como un guante, y acabé dejándome convencer. La chavala se quedó embobada al verme, que menuda percha, que menudo porte, que para modelo no tenía precio. Y lo cierto es que más discreta que el abrigo ya es y, después de todo, si siempre me dio por la ropa, ¡a santo de qué hacerle ascos ahora a una americana de buen corte!

2 *marzo*

Don Tadeo cojeaba un poco esta mañana de la pierna derecha, la buena, y fui y se lo dije. Me contó que tenía la piel demasiado seca y le había salido una grieta en el talón, lo que quiere decir que la gente fina no suda. Bien mirado, no conozco a nadie de cierta categoría que use desodorante. Le pregunté si no trataba la grieta con algún remedio, y él que natural, que con un compuesto de vaselina y ácido salicílico y que, si no me importaba, al llegar a casa, podía hacerle una cura. ¡No te amuela! Esto de andarle en los pies a un prójimo no es un plato de gusto, la verdad. ¡Me gustaría oír a la Sonia ahora! Luego, cuando se descalzó en el gabinete, no me dio tanto reparo, pues nunca en la vida vi un pie más blanco y cuidado, con las uñas bien formadas, y sin una sola dureza. Pies de vuecencia, como yo digo. Al parecer, la grieta del talón llega a la carne viva. Natural, por eso le manca. Le llené el hueco con pomada y le puse una tirita. Al terminar me mandó al váter de servicio a lavarme las manos.

4 marzo

De regreso del paseo, le hice otra cura. Esto es una pejiguera y me empiezo a cansar. ¿Por qué no le curan sus hermanas? Tres son y, de seguro, ninguna le haría ascos a hurgarle en los pies. No es que a mí me repugne, pero tampoco fui contratado para menesteres tan bajos, las cosas como son.

6 marzo

Dimos por terminadas las curas. En la grieta se ha formado una costrita y ni la siente. Lo que hace falta ahora es que dure.

7 marzo

Estos culebrones son historias de puta madre. ¡Menuda gozada! Al acabar el episodio de hoy, la chavala y yo nos miramos y los dos andábamos con la lágrima a punto. Y es que, a lo bobo, a lo bobo, estas películas, o lo que sean, te cuentan la verdad de la vida, con sus alegrías y sus tristezas. Con don Tadeo, sin embargo, ni me atrevo a comentarlo porque se pone de mala cueva. Un día le animé a verlos y me contestó de malas formas que por quién le había tomado, que la sensibilidad de un poeta no era compatible con esas historias de trazo grueso. Discutimos por lo del trazo, que a mí no me parecía tan grueso, pero entonces salió con lo de *facilón*, que para él es el insulto más grave. A lo mejor estos hombres de casa fina no pasan por estos trances por más que, ahora que me recuerdo, uno de los culebrones más famosos se titulaba «Los ricos también lloran». Ya en su casa, saqué la conversación con la señorita Cuca y reconoció que ellas también habían llorado la víspera y que su mismo hermano, con lo hombre que es, que es muy entero y así, apenas podía abrir la boca de la emoción. Con todo el morro le pregunté entonces si es que don Tadeo veía los culebrones, y ella que faltaría más, que no se perdía uno, que le gustaban tanto que hasta tenían orden de despertarlo si doña Adelaida le sorprendía dando la cabezada. ¡Toma del frasco, Carrasco!

8 marzo

En el color del sol ya se conoce la primavera. Don Tadeo y yo anduvimos en el parque, sentados en un banco, viendo jugar a unas chavalas. Al final, se le acercó una con un cuaderno en la mano y le preguntó si era el señor Piera y que si le importaba echarle una firma. La criaturita no tendría arriba de ocho años y me hizo gracia la ocurrencia. El señor Piera la sentó en el banco, puso el papel sobre su muslito, y con la mano medio impedida la pellizcaba mientras firmaba con la otra. Al acabar dijo que le había salido mal, arrancó la hoja, puso la palma de la mano izquierda sobre el muslo de la niña y repitió la operación. Luego la preguntó cómo se llamaba. La niña dijo que Sonsoles y no hacía más que mirar hacia el banco donde la aguardaba su mamá. Bueno, Sonsoles, dijo el señor Piera, ya somos amigos y espero que cuando me veas por la calle vengas a saludarme. ¿Me das un besito? La niña le besó y él la besó a ella dos veces. Luego le dio unos azotitos en el culo y le dijo que a correr, pero durante un rato estuvo nervioso, babeando y temblándole el labio de abajo. Al levantarnos, quise olvidarme del tema y echarlo a barato pero no pude. Ya en casa, la parienta me salió con que, en estas cosas del sexo, los hombres siempre pensamos mal, con lo poco que cuesta pensar bien de un semejante.

12 marzo

Telefoneó el Lorencín invitándonos a Zamora, a una tirada de pichón. Y allá nos fuimos la nana y yo por no desairarle, más que nada por dar un garbeo y ver a los nietos. El jodío sabe presentarse. Con una cazadora de ante, un güito con una pluma de faisán en la cinta y un pantalón de pana de raya ancha, queda un poco culón pero talmente parece un banquero. Claro que banquero es, pero ahora me refería al amo del banco. Esto del pichón es lo único que le ha quedado de mi afición a la caza. Él dice que lo de subir laderas está bien para los pobres. El vaina coge los puntos rápido y, a última hora, con veintiséis pájaros se llevó la copa y el sobre. ¡Treinta mil del ala, que no está mal!

En casa encontramos la invitación del Partemio para celebrar la apertura de la tienda. Como me había anunciado, será el día 19 en el Don Sebastián. Eso es hacer las cosas bien y lo demás son cuentos.

16 marzo

El jefe andaba de los nervios esta mañana y nos mudamos tres veces de banco. Al fin caímos en uno de la Fuente de Venus donde había una partida de chavales jugando al escondite. Don Tadeo no les quitaba ojo y, de repente, me preguntó si me había fijado en el rubito de la camiseta de Pensilvania, que era tan hermoso que más parecía una muchacha. Le respondí que él siempre con sus cosas, y él que, como poeta, estaba obligado a apreciar la belleza donde quiera que se manifestase. Entonces, por decir algo, le pregunté si es que preparaba otro libro y él me salió con que él escribía poemas sin dejarlo y que los libros se preparaban solos. Luego me preguntó qué me parecía este título: *Melodía, mediodía*, y yo le contesté lealmente que un juego de palabras, y él, entonces, que eso precisamente era la poesía, un juego de palabras. Pero lo dijo con un tonillo como si en lugar de hablar conmigo lo estuviera haciendo con don John.

19 *marzo*

¡Vaya cacho fiesta! Los panaderos no lloraron la munición, ésta es la derecha. Para empezar reservaron dos salas en el Don Sebastián, el sitio donde mejor sirven las bodas y las primeras comuniones en cien kilómetros a la redonda. Y, echando por lo bajo, ya nos juntaríamos allí más de doscientas almas, que se dice pronto. Y oído al parche: entre el personal de la capital y los paletos de Castrillo no hubo diferencias. Tras las primeras copas, ya estábamos bailando mezclados tan ricamente. Aquí de racismo nada, como yo digo. Me chocó el recibimiento de una tal Encarna, una tía con unos ojos caídos, de perdiguero de Burgos, más tristes que la luna, que, a su decir, se recordaba de la chavala cuando despachaba churros donde su padre y que qué linda su carita entonces, que talmente parecía de porcelana. Y tan buena boca le echó al discurso que a la Anita la entró por el ojo derecho y por una vez, y sin que sirva de precedente, se puso de palique y le dio cantonada al baile. Yo estuve un rato con Partemio y Ovejero, comentando la cantidad de personal, que el Arcadio decía que de Castrillo había bajado el pueblo entero. Y, a juzgar por los grupos, no debía andar descaminado. Pero, en una de éstas, me fijé en una rubia, metida en carnes, que no me quitaba ojo. La asalté al baile siguiente y le hice saber lo que es un tango. Chico, hablas con los pies, me dijo, y yo la ceñía y bajaba un poco la mano por la espalda y ella ni mus. O sea, tragaba. Es lo que pasa hoy con las chavalas. Antaño, yo me recuerdo, la que más y la que menos te salía con aquello de las manos quietas y se acabó la función. O sea, no se dejaban. Pero hoy es otra cosa. La rubia me contó que se llamaba Faustina, nacida y criada en Castrillo, su padre compadre del Justo Redondo, el viejo. Tenía la mirada clara y las carnes macizas, sobre todo la espetera, y se restregaba a modo. Después de cuatro bailes, con dos copas encima, se lo dije, o sea le dije que sí, fuera aparte el pan lechuguino y la Faustina Arranz, había algún otro monumento en Castrillo que mereciera la pena, y ella, que la ermita. Al cabo, me dijo que era separada, con dos crías, pero que ya se sabe, que donde entra un hombre deja la puerta abierta. ¿Qué te parece? Nunca se me dio tan fácil una mujer y, ya en plan conquista, le pregunté si el lunar de la mejilla izquierda se comía solo o con mayonesa y ella, con todo el morro, que a gusto del consumidor. Aproveché para llevarla a un rincón y tirarla un bocado. ¡Ojo, tú, me has lastimado!, me dijo. La pregunté si a estas alturas le asustaban los hombres y ella que ni por pienso, que tenía una relación sentimental con un pívot de baloncesto de dos metros con tres para que me fuera haciendo una idea. Por precaución, miraba de vez en cuando a la parienta, que seguía de palique con la dichosa Encarna. Más vale así, porque si me ve en plan conquistador es muy capaz de sacarme los ojos. Ya en el terreno picante, le dije a la Faustina si el pívot cabía en la cama y ella, en chunga, que cuando quería estirarse le ponía un suplemento. Entonces la pregunté si para pasar un rato juntos no había otro remedio que coger el dos y llegarse hasta Castrillo, pero ella entonces, que no lo pusiera tan difícil, que bastaba con retener en la cabeza el número 206060, o sea más fácil imposible. Le pregunté que si llamaba a ese número respondería ella, pero la tía se la sabía entera, que tranquilo, que antes preguntara por la *vira* y, tan pronto le contestasen, añadiera: Lorenzo, y pidiera hora, siempre después de las ocho. A lo bobo, a lo bobo, la tía me iba engatusando y cada vez que la bailaba, me metía pierna. Le pregunté si esa *vira* era ella, y ella que qué tontería, que era la contraseña; una manera de deshacerse de los patosos. Entonces le dije que, si iba a verla, pondría en la cama el suplemento, y ella que dependía, que los había calcillas pero nerviosos que necesitaban más cama que un hombre grande. En éstas se presentó la parienta sin previo aviso. De entrada se me encogió el ombligo pero ella no andaba al loro y que si la estaba permitido echar un baile con un jubilado. La ceñí a modo pero es carne enteriza ya la de la Anita; no es la Faustina ni de lejos. Así y todo nos marcamos un tango con tanto sentimiento que nos fueron haciendo corro en la pista y, al final, nos pegaron una ovación que ni Cagancho. El que tuvo, retuvo. Al marchar, la Faustina me dio un beso en cada cachete y me envió una sonrisa que no sé, no sé. La tía tiene un kilo de más en cada dominga pero está como un tren.

20 *marzo*

Hice cola donde Partemio para llevarme dos lechuguinos y le felicité por la fiesta. Me confesó que todavía andaba con la resaca. Le dije que a este paso harían quebrar a la Panificadora S.A., y el gicho que ése era su objetivo, que hoy día el personal está de mecanización hasta el gorro y vuelve a los hornos de ramera. La verdad de la buena es que ahora priva el capricho, como yo digo. No se trata solamente de comer de lo bueno, sino de lo bueno, lo mejor. Ya metidos en harina le pregunté por la Faustina, y el cipote que a qué Faustina me refería, y yo que a la de Castrillo, la rubia, con mucho desparpajo ella, y una espetera que se va del mundo; el padre, dije, compadre de Justo Redondo para más señas, ¿es que no caes? Pues no caigo, Lorenzo, majo, lo siento, me dijo. Aguarda a que se me pase la pea y entonces a lo mejor me recuerdo.

21 *marzo*

Estuvimos en Medina del Alcor viendo una residencia. Es económica pero se puede dar plata por no estar dentro. ¡Jodo, la cochambre! Luego, para quitarme el mal sabor de boca, agarramos el R-11 y nos llegamos a lo de Muro, a ver parcelas. Hay allí cada cacho chalé que quita el hipo. Ya le advertí a la chavala que lo nuestro, en el mejor de los casos, un terrenito con una chabolilla y se acabó, pero ella se puso borde y que a qué ton ese gasto, que hablara primero con mi sobrino José Antonio, que sabe dónde le aprieta el zapato. Si hace cuarenta años alguien me hubiera dicho que un hijo de mi hermana Modes y del borracho de Serafín iba a ser mi consejero me hubiera caído del susto.

22 marzo

Mi sobrino no ve con buenos ojos lo de la parcela. O sea, si usted, tío, puede pagar la mitad ahora y para junio la otra mitad, vale, me dijo, en tres meses lo liquida y en paz, pero meterse en un crédito largo por capricho, no se lo aconsejo. Bien mirado, tampoco es el acabose. Comprar una parcela a plazos es, más o menos, como comprar un televisor. No nos vamos a arruinar por eso. A fin de cuentas, todo lo que hay en casa, del piso al microondas, a plazos lo hemos comprado. ¿Qué razón hay para no seguir haciéndolo? Después de marearme en el dichoso sillón articulado, no saqué nada en limpio de si sí o si no. Este José Antonio será todo lo ocurrente que se quiera, pero es corto de genio, le falta una primavera, como yo digo. A la parienta ni pío, o sea que lo del terreno le había parecido bien, de forma que cualquier día me paso por lo de Muro, me merco una parcela y al que no le guste que tire de la cadena.

23 marzo

Al ir a arrodillarse durante la Elevación, el patrón agarró hoy una liebre disforme. El capullo llevaba meses con esa pichicharra. No quiere darse cuenta de que, con su impedimenta, bastante hace con aguantar sentado. Pues no señor, de rodillas. Y lo peor es que no avisa. Se dejó resbalar del banco a lo zorro, perdió el equilibrio y se cayó encima de la señora de las pieles. Si no llego a ser zurdo se pega una costalada de película. La tía tenía malas cosquillas, pero, de grado o por fuerza, amortiguó el golpe. Luego, en el atrio, yo no sé qué mosca le picó al patrón, y que por qué no íbamos al polideportivo a ver el partido de balonmano. El tío estaba en sus glorias. Le pregunté que si sabía acaso lo que era el balonmano, y él que cómo no, que era un deporte plástico y que necesitaba metáforas para su nuevo libro. Le pregunté si pensaba encontrarlas en el polideportivo, y él que lo bello siempre fecunda, que un escorzo puede ser tan hermoso como una melodía. Le dije que lo que él mandase, que el coche estaba a la vuelta, pero, al llegar donde él, me habían calcado una multa, por dejarlo en zona azul. Don Tadeo, de que vio el papel, tan caballero, que eso sí que no, que esos imprevistos había que incluirlos en la minuta de fin de mes, que yo no tenía por qué cargar con ellos en las horas de servicio.

En el polideportivo pasamos el rato. El bueno de don Tadeo, entusiasmado, que me fijase en la línea del cuerpo del número 4 cada vez que brincaba y amagaba, que qué ritmo, que qué cadencia. El tío la cogió modorra y no sabía salir de ahí. Ya, a la tercera vez, le dije lealmente que, más o menos, como en el fútbol, que no creyera que esos brincos fueran nada del otro jueves. Pero él no dio su brazo a torcer y volvió a lo de la línea del cuerpo cada vez que el 4 saltaba y amagaba. Y como a cada minuto el muchacho estaba saltando y amagando, pues don Tadeo feliz: que si me daba cuenta, que me fijase, que una belleza plástica increíble. Yo no sé si este hombre tenía esta tarde una copa de más o está perdiendo la chaveta. Primero el batacazo y luego esto.

24 marzo

Doña Asunción me pagó este mediodía la mensualidad: 63.500 líquidas. A lo bobo, a lo bobo, esto se ha puesto en una cifra de respeto. Hablando en plata, es un chollito de los de aquí te aguardo. Doña Asunción, que es mujer de pocas palabras, me anunció que, por orden de su hermano, me pagaría todos los meses 5.000 cucas para imprevistos. Me miraba todo el tiempo y entonces la aclaré que, en buena parte, los imprevistos eran las multas del coche, pero nada dije de que estuviese por pagar la primera. La novedad, me dijo luego, es que este mes cobra usted de la razón social Hijos de don Edmundo

Piera y la factura lleva el nombre y el sello de la empresa. Le agradecí el detalle. Imagino que para la Sonia y el Lorenzo ésta será una buena noticia. O, a lo mejor, no. ¿Qui lo sa?

25 *marzo*

Hoy llegó Toni y don Tadeo no cabía en su pellejo. Le pasó el brazo por los hombros como si se lo quisiera apropiar. Toni le dijo que en el País Vasco no se notaba mucho la crisis y que mientras hubiera mujeres habría fornituras. De nuevo me sonó mal esa palabra, con mayor razón referido a las mujeres, pero don Tadeo como si no fuera con él. Toni nos acompañó al parque y yo le cedí el brazo del señor Piera pues se ve a la legua que don Tadeo lo agradece. Al llegar a la Fuente de Venus, el patrón me mandó por el periódico, y de regreso los encontré embobados mirando jugar al fútbol a los chavales del otro día. Don Tadeo porfió que el rubito de la camiseta de Pensilvania era una medalla, y Toni que sí, que verdaderamente. En éstas, el chavea se vino orilla del banco, se levantó la pernera, sacó la pilila y se puso a orinar. Tenía el miembro recogido como casi todos los chavales, pero don Tadeo comentó que poca carrera iba a hacer con esa verguita tan chica. Toni miraba embobado al niño y, en vista de que no hablaba, tercié yo que tampoco se fiasen demasiado, que esas cosas son elásticas, que la verga de Tomasito, un amigo mío, que gloria haya, no medía en reposo ni cinco centímetros y, en cambio, metido en faena sobrepasaba con holgura los treinta. Al patrón debió de caerle mal mi comentario porque ni me miró a la cara siquiera.

De regreso, don Tadeo rogó al Toni que menudeara sus visitas, y Toni que si ése era su gusto procuraría venir todos los meses, y que si, por un casual, había hablado ya con el joyero De Blas. Don Tadeo que no, aunque estaba en ello, pero que tal vez sería preferible pedir la baja por larga enfermedad, por lo de la úlcera, y quedarse aquí para los restos. Se miraban a los ojos y yo iba como de non, de convoyante como suele decirse. Pero Toni no dijo que sí ni que no, y, al llegar a casa, doña Cuca, que aún no le había visto, le plantó un par de besos y le dijo que tenía la habitación preparada. Le pregunté si es que el Toni paraba allí y ella que de siempre, que Toni era como un hijo para su hermano y un viejo amigo de toda la familia.

Le conté a la parienta de pe a pa lo ocurrido, y ella que a santo de qué iba a pensar mal porque Toni parase donde don Tadeo, y yo que peor aún era lo de la pilila del chaval rubio, y ella que, entre hombres, un comentario así no tenía importancia, y yo que lo de quitarle de trabajar al Toni ¿qué?, y ella que natural si le tiene adoptado como hijo, y ya, harto, se lo dije, o sea que don Tadeo era un sarasa como la copa de un pino, que no había peor ciego que el que no quiere ver.

26 marzo

Estuvimos de paseo con Toni, y yo volví a cederle el brazo de don Tadeo. Pero en la Fuente de Venus los chaveas no aparecieron hoy ni vivos ni muertos. Los buscamos por todo el parque, pero no dimos con ellos. El Toni y don Tadeo aludieron varias veces al muchachito rubio, pero yo me hice el soca y ni me di por enterado. Esto de ir de convoyante, con una chaqueta príncipe de Gales y sin una tarea que lo justifique, es un poco desairado, la verdad. Mañana, a Dios gracias, se larga este capullo con sus fornituras. Al decir de don Tadeo, por última vez, porque lo de su baja por enfermedad ya está en vías de solución.

27 marzo

Me desperté con los ojos azules de la Faustina clavados en la sesera y con la sensación de sus pechos en el costillar. Para mí que he soñado con ella. Bien mirado, la tía es más puta que las gallinas, pero está que lo tira. Bajé por unas quinielas para distraerme pero la dichosa Faustina no se me va del pensamiento.

28 *marzo*

Sigo obsesionado con la Faustina. Al caer el sol, la Anita se bajó al bingo y entonces se me vino a las mientes el número del teléfono, 206060, que verdaderamente no tiene pierde. A las siete, me dije, voy a marcar el número sólo por ver si se pone ella. Le dejé dar tres timbradas y colgué, pero el jodío corazón se me puso al galope. ¡También gibaría que me diese el telele por una chorrada así! A los cinco minutos volví a llamar. Alguien descolgó y, antes de que hablara, dije, como por juego, que si la *vira*, y una voz cascada que sí, y yo que Lorenzo, a las nueve, y ella que de acuerdo, y que ya sabía las señas, Morería 11. Salí de casa a escape. La Morería es bocacalle de Ferrocarril y, aparte de sucia, está mal iluminada. Me puse a mirar los números, y precisamente el 11 es una trasera de dos portones, con una puerta pequeña en uno de ellos y un llamador. Pegué dos golpes que tembló el misterio y me abrió una vieja de dos mil años. Me dijo que pasara y volvió a trancar. No era una casa sino el callejón de salida de una serrería, y una vagoneta llena de tablas estaba en los raíles orilla un pequeño muelle. Frente por frente estaba la chabola, una casa molinera, con dos tiestos en la ventana, una puerta y una bombilla encima. La vieja dijo que llamara ahí y ella se largó callejón arriba, siguiendo la vía de la vagoneta. Di una timbrada y apareció la Faustina riendo, que tampoco había esperado mucho, que se alegraba de verme. Tenía puesta una bata azul, cerró la puerta y se volvió de espalda. Reconozco que para estas cosas nunca he sido muy cumplido, así es que le di la vuelta, le abrí la bata y le pegué cuatro achuchones de órdago mientras ella me llamaba arrebatoso, y qué sé yo qué más. Cuando la cogí en brazos los dos melones se cimbreaban a modo y ella se reía y voceaba que se iba a caer, pero yo me la llevé a la cama y a otra cosa, mariposa. Todavía resollando le pregunté que qué tal, y ella, que bien, aunque no muy convencida, y yo que si mejor que con el pívot, y ella que me desengañase que, por mucho que me esmere, un pívot siempre será un hombre y medio. De repente me entró como la pena, o sea me dio por pensar en la parienta; en que en treinta años largos nunca le había faltado, y empecé a notar como un remusguillo dentro. De vuelta al saloncito, le confesé a la Faustina que bien creí que me estaba acabando como hombre, pero con estos temas del sexo nada como cambiar de jaca.

Ella salió entonces con que eran dos mil duros y la voluntad, y lo que yo la dije, ingenuamente, que si cobraba. Ella, que a ver qué iba a hacer, que en casa había dos bocas aguardando y no conocía otro oficio. Así que la di dos billetes y le pregunté si al pívot le llevaba lo mismo, y ella que igual pero le fiaba.

Ya en casa no me atreví a mirar a la parienta. Afortunadamente había ganado unas pelas en el bingo y estaba en otra cosa. Lo malo fue al acostarnos. Me dio por pensar que si apoyaba la cabeza en la almohada lo mismo la transmitía el pensamiento de la Faustina, y fui y la quité y recosté la chola sobre el jergón. A ver si en esta postura no roncas, dijo la chavala esperanzada.

29 marzo

Volví a apartar la almohada para acostarme. Cada vez me da más canguis que la chavala se huela algo. ¿Qué diría si se enterara? Mejor no pensarlo. Desde joven fue muy suya la Anita. Bastaba con que mirase a otra mujer para que se la llevaran los demonios. Así que despacito y buena letra. Con no volver donde la otra, tema resuelto.

30 marzo

Sigo con la pichicharra de la almohada. La idea de que si recuesto la cabeza en ella voy a transmitirla el pensamiento de la Faustina me acobarda cada vez más. Hoy le dije a la parienta que por qué no poníamos dos almohadas pequeñas en lugar de una grande, y ella que si ahora salía con ésas, y yo que prefiero una de lana a medio llenar que ésta de gomaespuma, prieta como una salchicha. Pero ella, que ya andaba traspuesta, que estaba bien, que lo dejara, que mañana sería otro día.

31 *marzo*

Al fin estrenamos almohadas. Primer día que duermo a pierna suelta desde hace qué sé yo el tiempo. Lo malo es que también la nueva almohada, precisamente por ser nueva, me trae el pensamiento de la Faustina. Razón le sobra al Tochano cuando dice que tiran más dos tetas que dos carretas. Lo mismo llamo mañana a la vieja, aunque se pone uno a echar cuentas y el presupuesto no da para tanto.

1 *abril*

Llamé por llamar, por niñez, por pasar el rato, por ver si de una puñetera vez se ponía la Faustina, pero que si quieres. Salió la voz de la vieja y ya, acobardado, pregunté por la *vira* y ella que sí, y yo que Lorenzo, y que mañana a las ocho. Y ella que de acuerdo. Luego se me ha ocurrido que podía darle esquinazo. Tampoco estaría de más que la Faustina se fuera dando cuenta de con quién se gasta los cuartos.

2 *abril*

A las seis, la parienta se bajó al bingo y yo me quedé solo con la tele, dándole al mando a distancia. Cada quince segundos miraba el reloj. De que pasen las ocho se va a enterar de lo que vale un peine, me decía. Pero, a las menos diez, me levanté, cogí el dos y salí que perdía el culo. Me abrió la puerta en dos piezas, la zorra de ella. ¡Dichosa Faustina! Parece que no me conoce. Se las arranqué de dos envites y ni tiempo le di de llegar a la cama. Ella me puso a caldo, que era un arrebatoso, que la mujer necesita ponerse a punto, que si tal y que si cual. Me gibó su salida, la verdad. Así es que dejé sobre la camilla los dos billetes, le dije abur y levanté el vuelo.

La parienta había vuelto antes de tiempo y, al darle un beso, arrugó la nariz y salió con que tenía un olor, así, que olía a algo. Arrimaba la nariz y me olisqueaba, y cada vez que lo hacía el corazón se me paraba en el pecho. Y que si se podía saber dónde había andado, que qué olor más raro, y yo que con Melecio, que a ver dónde iba a andar. Pero, aunque lo echaba a barato, ella no cejaba y yo sacudía la cabeza para no pensar en las domingas de la Faustina y no darle una pista aunque sólo fuera por telepatía. En cuanto se largó, me pegué una ducha y me mudé hasta de corbata. También gibaría que por una debilidad en treinta y un años, fuese a cagarla ahora. Tengo para mí que la Faustina no vale los dos billetes.

3 abril

Subí un momento donde Melecio. Como de costumbre andaba dándole a la flauta. El jodío tiene sentimiento y dice cosas con ella. Es su único consuelo, pues con la Amparo no se trata desde hace qué sé yo el tiempo y del chico mejor olvidarse. Le pedí sin tapujos que si la Anita le pregunta si estuve con él el día 2, le diga que sí, que por la tarde de ocho en adelante, que era cuestión de vida o muerte. No te habrás enredado con alguna capulina, ¿verdad?, me preguntó con una sonrisa más triste que la música de la flauta. Y yo que qué ideas tenía, y él que por si acaso, que hoy día únicamente los primos pagaban por eso, sin contar el sidazo que se puede uno agarrar si no toma las debidas precauciones.

Ya en la escalera me dijo que en Maison del Mueble, donde trabaja, no parecen ir bien las cosas y el personal anda alborotado.

4 abril

Amaneció lloviendo si Dios tenía qué y nos quedamos en casa. Don Tadeo me preguntó si quería conocer las primicias de su nuevo libro. El tipo este ya no sabe qué inventar para dar el coñazo. Me encogí de hombros y allí mismo, en el despacho, se puso a leerme, una detrás de otra, más de cincuenta poesías. ¡Había que verle despacio! Manoteaba como si le hubiera dado el baile San Vito y hubo un momento en que se acaloró, le subió el flujo a la cabeza y creí que se caía redondo. Pero no. Fue bajando la voz hasta que dejó de oírsele, cerró los ojos y entonces pensé que iba a echarse a llorar. Pero tampoco. Con un poeta leyendo sus versos uno nunca sabe por qué registro va a salir. Pero lo peor es que llega un momento en que uno no escucha, sólo piensa en lo que debe decirle cuando termine. Por eso me giba que el patrón me lea versos a solas. Así que cuando levantó los ojos y me miró, pensé decirle que todo estaba en orden, como antaño, pero me dije que ya era demasiado orden y podía cabrearse. Entonces le dije que de su poesía podía decirse cualquier cosa menos que fuera facilona, y él que si de veras lo creía así, y yo que por ese lado podía dormir tranquilo. Y en vista de que me miraba como un perro, como pidiendo un poco más, aparté el visillo y le dije que si quería que bajásemos al quiosco a por el *ABC*, que había dejado de llover y le iría bien un poco de ejercicio.

5 abril

Estuve con Melecio en lo de Muro, a ver parcelas. Al llegar, el hombre se puso de recordatorios, y que hay que ver lo que habíamos furtiveado allí los dos, treinta años atrás. Que todavía se recordaba de la perdiz aquella que tropezó con el cable del tendido y se quebró un ala, y del zarapito que bajó de las nubes el año de la nieve. ¡La madre que lo echó! Este Melecio tiene una memoria de elefante.

La parcelilla, con media docena de pinos y cuatro carrascas, se deja ver. Y andábamos así, mirándola, cuando me entró el apuro, tomé el portante y, sin encomendarme a Dios ni al diablo, me llegué a las oficinas, firmé unas letras, aflojé el bolso, y a otra cosa, mariposa. Ya soy propietario. Me quedé más ancho que largo, pero Melecio, que es hombre cabal, se hacía de cruces y que compraba parcelas como quien compra cacahuetes. Traté de animarle para que se quedara con la vecina pero, lo que él dijo, para venir ¿con quién? Con la flauta, le dije entonces, por decir algo, aquí sonaría de maravilla. Pero él que la flauta era animal de interiores, que se acatarraba con el sereno. Me dejó parado como siempre que sale con esas peteneras.

6 abril

La parienta que si un día se pierde no la busque en El Sardón. La dije que más despacio, que si sabía la que podíamos armar allí el día de mi cumpleaños con un tocadiscos y un altavoz. Y ella que ése era otro cantar, que podía haber empezado por ahí. De que terminó el culebrón me largué al Hogar a echar la partida, pero sólo estaba Melecio. ¡Dichoso Melecio! El vaina de él se puso otra vez de recordatorios y me ha revuelto el sentimiento. ¡Anda y que tampoco la hemos gozado el Melecio y yo con la caza! Ahora te dirán que el mundo ha cambiado. De acuerdo, pero la chicha que le sacábamos entonces a la vida no se la sacamos hoy. ¿Que entonces éramos más jóvenes? ¡Vale! Pero, por mucho que digan, ni el R-11, ni la tele en color, ni, si me apuran, un pleno de 14, pueden compararse con el pelotazo de una perdiz en la ladera de la Sinova. Deportes del tercer mundo, digo yo ahora. ¡No te amuela! ¡Qué no daría por volver a sentir lo que sentía antaño cuando, el domingo de madrugada, sonaba el despertador! El bueno de Melecio me ha dejado cachifollado. Porque, en definitiva, lo que yo voy a buscar a la parcela es aquel olor a tomillo y espliego que no he vuelto a sentir desde que colgué la escopeta.

7 abril

Hoy cayeron cuatro gotas, las primeras aguarradillas, y don Tadeo y yo nos metimos en la pajarera del Medellín a tomar el vermú. Se lustró los zapatos y conforme el limpia le hurgaba en los pies a él se le reviraba el ojo derecho. A la tarde subí un rato a la parcela. Llevé una banqueta sólo por el placer de sentarme en ella, mirar alrededor y decirme: Esto es mío.

Con cuatro palos estaqué la chabola: ocho metros cuadrados. Un cacho cocina y dos literas. De momento nada más. Si Melecio me echase una mano, para el sábado podría estar lista.

8 abril

Amaneció un día azul y soleado. Me llegué al parque con don Tadeo, a la Fuente de Venus como de costumbre. Los chaveas andaban allí sofocados, enredando, y cada vez que querían hacer pipí se llegaban al seto, orilla del banco. Don Tadeo no les quitaba ojo. Con razón dice en las entrevistas que los niños son la sal de la vida. De regreso, por la forma de amasarme el bíceps, noté que estaba alterado.

9 abril

A veces me pregunto si este diario tendrá algún interés para alguien o sólo va a servir para desahogarme yo. El panoli de Melecio, que fue quien me metió en cantares, ahora recula y que si me vale para pasar el rato ya me puedo dar con un canto en los dientes. Él dice que no cree que el señor Piera sea un sursuncorda y que el hecho de que, de higos a brevas, se descuelgue a verle un profesor de Illinois tampoco quiere decir nada. Le hice ver que he convivido más de veinte años con catedráticos y me consta que por conseguir un buen trabajo serían capaces de vender su alma al diablo. Aguardaremos a ver qué pasa.

Al marchar, me dijo que en la fábrica todavía no han cobrado el mes de marzo. Le pregunté por qué no llevaban a don Eleno al juez de guardia, y él que en estos asuntos hay que andarse con pies de plomo y no se puede matar, así como así, la gallina de los huevos de oro. ¡A mí me podían venir con ésas!

10 *abril*

A don Tadeo le gusta el té más oscuro que el chocolate; lo aclara luego con una rodaja de limón y para quitarle aspereza lo endulza con cinco terrones de azúcar. Lo que dice doña Cuca, no es el té lo que le gusta a mi hermano, sino la limonada caliente. Un asunto que le sulfura es que los periódicos hablen sin dejarlo de la generación del 27, como él dice. Cada vez que lee algo sobre el particular, me suelta la misma copla: Lorenzo, honradamente, ¿cree usted que la poesía se acabó en España con esa generación? Yo me encojo de hombros, a ver, que no sé ni por dónde va, pero cuando está con Toni se lían a discutir y no lo dejan. Sigue con la pichicharra de que el soneto es la disciplina del poeta y cada vez que vamos a leer poemas donde el Grupo Polifemo lleva alguno. El hombre la goza leyendo pero, al volver a casa, siempre me dice lo mismo, que si no asiste más a menudo a estas reuniones es porque cada poesía que lee, le supone tragarse diez engendros de los colegas. Bien mirado, a don Tadeo no le dice nada la poesía. Únicamente le gusta la suya; el resto de los poetas son paniaguados o tienen buena prensa.

11 *abril*

La chabolilla medra que da gusto verla. El Melecio se pinta solo para estos menesteres. Lo chocante es que unas manos tan trabajadas sean a la vez manos de artista. Al caer el sol cubrimos aguas. A la chimenea, que es alta como un varal, le coloqué un sombrerete elegante para que no humee con las nieblas. Mañana explanaremos la parte trasera para poder mover el esqueleto el próximo día 15.

13 *abril*

Hubo carta de la Sonia, si no me equivoco la primera desde que se fue. Algo pasa, le dije a la parienta al ver el remite. Luego la abrimos y que se casa, así, sin más explicaciones, con el maromo del pendiente para más señas, el día 23 a las diez de la mañana, en el juzgado de Palma. La parienta se puso brava, que eso era un bodorrio, y que no contásemos con ella, que eso y arrejuntarse era todo uno. Quise convencerla de que cada cual es cada cual, pero fue inútil. Lancé al Lorenzo un S.O.S. pero el muy cabrón reaccionó a la antigua, o sea se puso de la parte de ella y que las cosas se hacen bien o no se hacen, y que para arrimarse sobraba el juez. Aquí todo dios tiene algo que decir, pero yo creo que una hija es una hija y, a fin de cuentas, mejor estará emparejada que corriendo calles todo el día de Dios.

14 *abril*

La parienta lleva dos días atarugada, los ojos rojos de tanto llorar. El señor Piera me preguntó hoy, sin venir a cuento, si no tenía un hijo crecidito para sustituirme en mis ausencias y lo que yo le dije, mi hijo ya es padre, don Tadeo, y tiene sus obligaciones; en cuanto a los nietos son demasiado chicos para aguantarle a usted. ¡No te amuela! ¡Un hijo iba a encomendarle yo a este capullo! Aproveché para decirle que precisamente los días 22, 23 y 24 no contara conmigo porque se me casaba una hija en Palma de Mallorca y no quería hacerle un feo. Él, que tenía suerte, porque hoy día los jóvenes ya no se casan. Preferí candar el pico y no darle explicaciones.

A la tarde nos dimos un verde en la parcela. La chavala dijo que la fiesta de cumpleaños mejor de víspera y allá se fueron, recién comidos, Melecio, Partemio, Tochano, Acisclo y Ovejero, todos, excepto Melecio, con las señoras. Instalé el tocadiscos en la ventana con el altavoz en un pino y sonaba de cine. A las cinco nos pusimos de baileteo pero, como yo era el anfitrión, la Anita sacó a bailar a Melecio y yo me quedé de non. Hacía fresco, pero a la hora de la merienda, con la mesa bajo el toldo y el vaso a punto ni se notaba el relente. Al anochecer, ya un poco colocados, empezamos con las bromas y los cuentos verdes y nos dieron las tantas. De despedida, conforme había acordado con la parienta, les solté lo de la Sonia, o sea que se casaba, o sea que si no invitaba era porque la boda se celebraba en la más estricta intimidad por reciente luto del novio. Intenté hacerla ver a la Anita que estas cosas ya no cuelan, pero ella dice que, cuelen o no, se queda más a gusto dando una explicación.

15 *abril*

Hoy cumplí años: sesenta y uno, la edad crítica, como yo digo. La parienta, aunque no está de humor, me regaló un chaleco corinto de Domenico Rocco. Hacía tiempo que le había echado el ojo y ella, aunque parece que no, se fija en todo. A las once me telefoneó el Lorenzo, que felicidades, jefe, y se puso la Sorayita, que felicidades, yayo, y un besito a la nana, y el Lorencín con la misma copla, y, apenas colgué, la Sonia, la que faltaba, que felicidades, tío, y que contaba con nosotros el día 23. Que no pensáramos mal del Terry por lo del pendiente, que era un tío con dos pelotas y muy buen rollo.

A mediodía, las señoritas me recibieron con el «cumpleaños feliz» y yo, acobardado, la verdad, que de dónde habían sacado que era mi día, y doña Asunción, la contable, que las indiscreciones del carné de identidad. Después pasamos al comedor y allí, en medio la mesa, un brazo de gitano con sesenta y una velas y, al lado, tres camisas y tres corbatas a juego, de muy buen gusto. Se mire por donde se mire, esta familia tiene detalles. A la legua se ve que es gente fina. Las camisas son también de Domenico Rocco, azul pálido la una, cruda la otra y la tercera a rayitas menudas, para más vestir como yo digo. Las corbatas van a juego con todas ellas, lo que me hace pensar que no las han comprado al buen tuntún. En casa, la Anita me hizo probar las camisas, una por una, con el chaleco corinto y todas, hasta la azul, van con él que ni pintadas. Habrá que oír al Tochano cuando me vea.

18 *abril*

Estrené la camisa cruda y don Tadeo que parecía otro hombre. Luego, en el paseo, hizo un elogio de la camisa, una prenda, dijo, que sin ser la que más se ve, es, sin duda, la que más viste. A pesar de su amabilidad yo notaba en la bola que estaba nervioso. La echamos larga hasta el quiosco. El párpado lo tiene ya tan caído que para ver con ese ojo ha de levantar la cabeza.

19 *abril*

Reservé en Viajes Orbe una plaza para el avión de Mallorca del día 22. ¡Madre, qué precios! Ir hoy a Palma vale lo mismo que a Buenos Aires hace treinta años, que se dice pronto. En la puerta me tropecé con Ovejero, más contento que unas pascuas. Dice que si las cosas siguen como hasta ahora, en unos meses puede salir de pobre. Partemio y él quieren dejar la fruta y quedarse sólo con el pan, que es lo que da la peseta, pero el Justito, que ve crecer la hierba, que nones, que todo ayuda y que lo que urge ahora es subir el precio del pan porque los lechuguinos no los regalan. El tipo, como de costumbre, va a su cuento.

22 *abril*

No hice mal viaje aunque las alas del avión temblaban como una hoja. ¡Qué cosas! Luego, al tomar tierra, me dio un dolor de oídos que no podía parar. Se lo dije a la azafata, pero ella que no tenía por qué, que el aparato estaba climatizado. Lo que yo la dije, que los oídos no tenían que pedir permiso para doler. Pero cuando apareció la Sonia me olvidé de los oídos y me olvidé hasta de mi nombre. La gachí me pegó un abrazo de película. Después nos fuimos a su apartamento, pues ella y la Vanessa, su amiga, se han juntado en una habitación para dejarme la otra libre. Así, al primer vistazo, se me hace a mí que la Vanessa no es trigo limpio. Todo se la volvía decir que más que padre de la Sonia parecía hermano, que qué joven, y que por qué no nos íbamos los cuatro por ahí a armar «la farra de la víspera». Menos mal que la Sonia, muy en su sitio, se cerró en banda. De modo que echamos unas siete y media y, al irme a la cama, le largué a la chavala un cheque por 50.000 chuchas, y si no la di cien fue por miedo a la parienta.

23 *abril*

Al parecer el Terry, el maromo de la Sonia, procede de Talavera de la Reina y es uno de esos tipos que se bastan y se sobran para montar un gaudeamus. La ceremonia del juzgado fue más bien sosa, pero cuando parecía que aquello no había quien lo levantara, nos fuimos al Oxford y allí se armó la de Dios. Para empezar, el padre de él, o sea don Perfecto, que es un tipo ocurrente, lanzó el espiche y pasó la bandeja. O sea, el regalo en metálico, montando a ser posible el importe de la comida, que eran cinco billetes, a fin de que «los chicos sacaran algo para empezar». Sin pensarlo dos veces solté siete mil del ala, creyéndome un tipo rumboso, cuando ni el invitado más cutre dejó menos de dos mil pavos en la bandeja. Me quedé pegado a la pared. Menos mal que, luego, los novios se metieron bajo la mesa, se quitaron las bragas y los calzoncillos, y los subastaron a pedazos. Solté diez mil calas por el primer cacho braga de la Sonia y me pegaron una ovación que ni Cagancho. Aquello, entonces, se empezó a animar, todos aflojaron la mosca y, al final, don Perfecto informó que quedaba en limpio un millón doscientas cuarenta mil pesetas en favor de la pareja. Otra ovación y, entonces, apareció la tarta nupcial en una especie de ovni, que me caigo que no me caigo, por encima de las mesas, y tan pronto se posó, el bueno del Terry, vestido de general, empezó a cortarla con el sable, en tanto la Sonia, de princesa, nos daba de beber champán en su zapato. Fue una juerga. Y para acabar la farra, la Sonia, que andaba puesta, rompió un botijo de un garrotazo y salió corriendo un conejo y todas las solteras tras él, pues es cosa sabida que la que lo atrapa se casa antes del año. Fue una buena zambra pero, en cuanto se largaron los novios, me entró la morriña y de no ser por mi consuegro me hubiera retirado a dormir. Pero don Perfecto y su señora, muy atentos, copa aquí, copa allá, que hay que ver los lugares de esparcimiento que tiene esta capital, y que beba usted, compadre, que un día es un día, total que acabamos en su hotel, en un concurso de eructos y riéndonos las muelas. Si he de decir mi verdad, ni sé dónde dormí, pero me desperté en el Arenal en casa de un tal Bartomeu, un gicho alto, con jeta de estreñido, que me llevó al aeropuerto en un dos por tres sin decir palabra. A pesar de que descabecé una siesta en el avión, al aterrizar seguía con la resaca y una sensación rara como que entre don Perfecto, el Bartomeu ese de los cojones y el desgraciado del Terry me habían birlado a la Sonia.

24 abril

La parienta como si llegara del bingo: Hola. Hola. Empecé a contarle de la boda pero ni caso, como si no fuera con ella. En vista del éxito candé el pico y nos pasamos la tarde mirándonos el uno al otro sin decir palabra. Viendo la cara de acelga de la Anita, cualquiera diría que el responsable de la boda he sido yo.

25 abril

Don Tadeo, muy atento, me preguntó por el viaje. Me había prometido no decir una palabra de la subasta de las bragas, ni de lo del ovni, ni de lo del conejo, pero, como puso cara, se lo conté todo de pe a pa. La fetén es que tenía ganas de hacerlo. Me quedé más ancho que largo aunque a él no parecieron divertirle demasiado estos pormenores.

27 abril

Allá en la isla me hice a la idea de que lo de la Faustina era cosa resuelta, pero la verdad de la buena es que la zorra de ella me lleva en el pico o, por mejor decir, no se me va del pensamiento. Es muy cierto eso de que tiran más dos tetas que dos carretas.

    La parienta me preguntó esta noche si la Sonia pensaba tener familia. La dije mi verdad, que no entré en esos detalles, pero ella que para tanto como eso no necesitaba haberme ido tan lejos. Candé el pico por tener la fiesta en paz.

29 abril

A media tarde, como por juego, marqué el 206060. ¿La *vira*? Contestó la voz de la vieja. La dije que Lorenzo y que mañana a las ocho. Después he pasado la tarde de chirinola, dándole al mando a distancia.

30 abril

La Faustina andaba hoy en celo. Hijas no sé las que tendrá pero caliente es un rato largo. El difunto Zacarías, que gloria haya, decía que el temperamento de una mujer dependía del tamaño de las domingas. O sea, a mayores domingas, más temperamento. Y bien mirado, es lógico que así sea. Pero, entre que ella es cachonda de natural y yo un prisillas, a los tres minutos de llegar la función había terminado. Le pregunté si no tenía un sitio más confortable donde reunirnos y ella se echó a reír, que mejorar lo presente pondría la visita a cinco mil duros. La dije que olvidara lo dicho, que mal que bien con lo que había nos arreglábamos. Y te pones a ver y, quitando los pechos, la tipa no vale un billete.

2 mayo

Se presentó en casa la Encarna, con la niña, a buscar a la parienta. Me sonrió, pero con sus ojos de perdiguero más parecía que llorara. Dijo que se le casaba la Noemí, y venía a pedir a la Anita que la acompañara a comprar el traje de novia. Por decirme algo amable sacó a relucir a don Tadeo, que me veía a menudo con él y que la Noemí, la niña, había leído un libro suyo en el instituto. La niña no decía un sí ni un no, pero así que la menté al señor Piera, salió, muy marisabidilla, que era un montador de versos, un cursi y un figurín. La pregunté si tan malo le parecía, y ella que ésa era la opinión de sus compañeros, que, en lo tocante a ella, no leería un verso de ese señor aunque un día quemaran todos los libros del mundo menos los suyos. A la noche, me dijo la Anita que, pese a sus ojos caídos, la Encarna sabe ver, y había mercado para la niña un traje de novia de fantasía que no le haría ascos una princesa.

3 mayo

¡Pucha madre! Si no lo veo no lo creo. Jugué a la bonoloto mi combinación preferida, 1-2-4-8-16-32, y aunque parezca mentira salió así pero con un punto más en cada cifra, o sea, 2-3-5-9-17-33. Eso es tener la negra. Comentándolo con la chavala, nos olvidamos hasta del culebrón. Y ya metidos en harina, escribimos veinte cartas a *El precio justo* y dieciséis al *Un, dos, tres...*, que tampoco es tan fácil como la gente cree.

4 mayo

Don Tadeo, muy murrio, que no sabe nada del Toni. Que el último punto de que tuvo noticia, por otro viajante, fue desde Calatayud. Después se le ha tragado la tierra. El hombre está sobre ascuas.

5 mayo

Desde que volví de Mallorca ando descuajeringado. Desplazarme de aquí a la esquina ya me fatiga. Luego está la tos y el dolorcillo del costado. No le he dicho nada a la parienta pero ella porfía que tengo mala cara. Lo mismo me dijo doña Cuca esta mañana cuando recogí a su hermano. Al volver a casa entré en la primera botica y sesenta y siete kilos, cuando hace nada pesaba setenta y uno.

Por la tarde subí preocupado donde Melecio. Lo primero que me preguntó es si con la capulina esa que me tenía encoñado lo hacía a pelo o con calcetín. Me callé lo del primer día y le dije que con calcetín, pero que tenía oído que el sida ese lo mismo se contagiaba por la saliva. Melecio me aconsejó que pase por el Clínico y pregunte por don Vicente, que es amiguete y de confianza. Le dije que bien pero que, de momento, mejor callar la boca y no dar tres cuartos al pregonero.

¡También gibaría que la dichosa Faustina me hubiera largado el muerto! La Anita me puso cara esta noche pero la dije que nones, que lo sentía pero que no podía ni con mi alma.

6 mayo

Estuvo la tele autonómica en casa de don Tadeo. Le hicieron una entrevista y le preguntaron hasta por la madre que le parió. El hombre se colocaba siempre del lado derecho para que no se le viese el párpado caído, y cuando le dijeron que mirase a la cámara, él que nones, que le parecía más natural hablar en escorzo. Total, no hubo manera de que diese la cara. En realidad, aprovechó la entrevista para dar un poco de incienso al don John, que estos temas del extranjero fardan mucho en la tele. Terminé la jornada para las cagas. En la cama me dio la tos y no podía parar. Dicen que el final del sida suele ser una neumonía atípica. Si esto mío no es una neumonía atípica que baje Dios y lo vea. ¡Estaría bueno que la zorra de la Faustina me hubiera endosado un paquete!

7 mayo

Don Tadeo olvidó hoy en el despacho una cuartilla con un verso tan tachado y corregido que sólo quedaban cinco palabras de la poesía original. Después, cuando salimos, como quien no quiere la cosa, le pregunté si corregía mucho sus versos y él, con todo el morro, que no, que para él crear era un acto mecánico y que, a veces, sin pretenderlo, hablaba en endecasílabos. Que corregir era el defecto de los poetas facilones, que cosen y recosen tanto sus versos que a mil leguas se notan las costuras.

Sigo cansado y toso como un perro. Compré un termómetro pero no pasa de treinta y siete grados. La parienta porfía que tengo mala cara.

8 *mayo*

El señor Piera lleva unos días obsesionado con la telepatía. Al oírle esta mañana me temblaba la contera. Si llega a sacar el tema antes de cambiar de almohada me muero del susto. Dice que cuando jugaba al tenis le bastaba mirar al adversario y ordenarle mentalmente que fallara el saque para que las dos pelotas pegaran en la red. Pero, lo que yo le dije, don Tadeo, si eso fuese cierto, usted hubiera sido campeón del mundo. El tío se atocinó y me preguntó si veía al tipo grueso del traje marrón que venía hacia nosotros, y yo que qué hacer, y él que anduviera al quite porque, al cruzarnos, nos iba a saludar. Pues mano de santo, al llegar a nuestra altura, el gicho del terno marrón se quitó el sombrero y usted lo pase bien, don Tadeo, y recuerdos a la familia. Y, no contento con eso, me dijo si veía a la señora enlutada que tomaba café en la terraza del Medellín, y yo, que faltaría más, y él que al llegar donde ella iba a preguntarle por su hermana Cuca. Pues mano de santo. Así que llegamos a su lado, la señora enlutada saludó con la cabeza y le preguntó al patrón por doña Cuca, que hacía varias semanas que no la veía. Me quedé viendo visiones, la verdad, y entonces le pregunté cómo con esas facultades no conectaba con el Toni y le hacía regresar a escape. Pero él que, no estando a la vista, el contacto no era fácil, que esto de la telepatía era como la tele, o sea, necesitaba repetidores, aunque había mentes poderosas cuyo fluido alcanzaba los cien kilómetros salvando montes y valles. Y lo que yo le dije, que a ver si en el próximo libro utilizaba sus poderes contra el menguado ese que le había llamado pirotécnico y le desguazaba. No le cayó bien la broma y que esto no era más que un juego, que no me pensase que la vida podía controlarse a capricho por el poder de la mente.

9 mayo

Hoy ensayé con la chavala lo de la transmisión del pensamiento. A la hora de comer me concentré y la ordené mentalmente que me trajera el vino y la gaseosa, pero leches, fue ella y me trajo las vinagreras. Al acabar, volví a concentrarme y que enchufara la tele para ver el culebrón, pero que si quieres, ella me voceó desde la cocina que fuese encendiendo la tele que despachaba la fregadera en un pispás. Con tanta concentración y tanta pepla he acabado el día más molido que otro poco. Me duelen los ojos por la parte de atrás como si alguien hubiera intentado rascarlos con un cascanueces.

11 mayo

Dimos una vuelta por el parque. En la Fuente de Venus andaba la pequeña Sonsoles, pero su mamá la cogió de la mano y miró para otro lado en cuanto nos vio aparecer. También andaba por allí el muchachito rubio de la camiseta de Pensilvania pero, aunque nos sentamos en el banco de siempre, no vino ni una sola vez a orinar.

De regreso a casa, el patrón volvió a la carga con el Toni, que no le escribía, que no sabía ni dónde paraba. Le dije que estaría viajando y él que para decir estoy vivo, don Tadeo, y le recuerdo, bastaba con un poquito de voluntad. Le advertí que Toni le estimaba, pero él andaba hoy con la guitarra mal templada y saltó con que lo mejor que puede hacer un viejo a los ochenta años es morirse.

Las piernas me pesan como si fuesen de plomo. La zorra de la Faustina me ha debido de largar un paquete de libro. Tan acobardado ando que no me atrevo ni a ir al Clínico a ver a don Vicente. No he pegado ojo en toda la noche.

12 mayo

De madrugada me vino un ataque de tos tan fuerte que me quedé en cama y a mediodía no fui a buscar a don Tadeo. Me lloran los ojos y me duele la parte alta del pecho. Un sida de caballo, eso es lo que tengo. Uno sabe perfectamente el mal que padece. Además, ¿qué adelanto engañándome? El primer día la Faustina me dio el pego. Creí que no era de la vida y lo hicimos a pelo. Me confié y lo que pasa. Ella habló luego del calcetín, cuando la cosa ya no tenía remedio. Mañana pido hora a don Vicente. Lo que hace falta es que el doctor no sea demasiado viejo para enfrentarse con estas enfermedades modernas. Esta noche me desperté más de seis veces tosiendo. Tengo una neumonía de puta madre.

13 mayo

Don Vicente se reía las muelas cuando le confesé que había estado con una capulina y creía que tenía el sida. Me dijo que el sida no era un repentón sino un proceso más o menos largo pero que, en todo caso, era mejor que acudiera a la sección de venéreas, que tenía más medios. Le pregunté si es que él no podía hacer nada por mí y, muy atento, que tal vez pudiera, pero existiendo una sección especializada le parecía de cajón que fuese a ella. Me extendió un volante y me pidió que le mantuviera informado.

14 mayo

En el hospital me preguntaron más que el padre Astete. Me hicieron orinar en un tubo pero con los nervios no salía. Luego me sacaron sangre y otro médico me preguntó por la droga y mis hábitos sexuales. ¡La órdiga! Total que me volvieron tarumba.

Ando tan cachifollado que a ratos me dan ganas de encamarme y dejarme morir. Pero ¿qué adelanto con eso? La idea de que he pescado el sida no se me va del pensamiento. ¿Qué dirá la Anita cuando se entere? ¿No se lo habré pasado a ella también? ¿Y qué cara pondrá la zorra de la Faustina cuando sepa que va aliquebrada? A ratos me digo que es sólo aprensión, pero aprensión o no, lo cierto es que ando despatarrado, como si mis partes fueran de mantequilla y pudieran deshacerse con el roce del pantalón.

15 *mayo*

Paseé un rato con el señor Piera. Estaba buena la mañana y le obligué un poco camino del quiosco pero como si nada; diecisiete minutos. Es inútil todo lo que se intente con él. El culebrón no me interesó. Sentía tal agonía, que a las cuatro agarré el R-11 y me fui a la parcela. Y allí solo, entre los pinos, me entró una llorera del demonio. Después di un paseo para serenarme. En la cama me pesaba la ropa y me quité la colcha. Hoy, al afeitarme, me encontré cara de panoli. También debe ser cosa de la enfermedad.

16 *mayo*

El 16 de mayo será en lo sucesivo para mí una fecha memorable. Don Rogelio, el doctor, dijo que no, que de sida nada, que estaba como un geranio. Me temblaban los labios de la alegría y le pregunté por los síntomas, y él que qué síntomas ni qué ocho cuartos, que lo que yo tenía era una alergia primaveral. Me recetó unos comprimidos y me dijo que de mis fantasías mejor olvidarme. Me bailaban los ojos al salir del Clínico y, al pasar por la confitería, le compré a la chavala una tarta de chocolate. No me irás a decir que nos han llamado para el *Un, dos, tres...*, dijo ella al verme. Ni por pienso, dije yo, es por el cabo de año de nuestra boda. Y ella que si estaba tonto, que el aniversario fue el 21 del mes pasado. Yo entonces lo eché a barato y la dije que también el simple hecho de estar vivo había que celebrarlo de vez en cuando.

17 mayo

Esta tarde se presentó la Encarna con un berrinche morrocotudo. Según dice, el novio de la Noemí anda liado con otra y la ha hecho una barriga. Yo le dije que peores cosas hay, que imaginase que la niña se hubiese casado con él antes de saberlo. Pero ella se arrancó a llorar con tal desconsuelo que parecía que los ojos de perdiguero iban a hacérsele agua. La Anita le preparó una tila y allí estuvieron las dos, de palique en la cocina, hasta las tantas.

20 mayo

Tres semanas sin ver a la Faustina. Esta tarde me di por vencido pero la vieja me salió con que para hoy no había hora. ¡No te giba! Quedamos en que mañana a las ocho. En todo el día, que se dice pronto, no he dejado de pensar en ella. Que la chica lo merece es cosa sabida, inclusive que, tal como está la vida, dos billetes es un precio arreglado. Pero a mí me tiene intrigado si le cobrará al pívot lo mismo que a mí. ¿No irá el capullo de dormida de bóbilis bóbilis? A cualquiera que le diga que me he jubilado para meterme en estos berenjenales no se lo cree. ¡Bien pronto me he olvidado del sida! ¿Será cierto que también se contagia por la saliva? En cualquier caso, la candaja de ella sabe administrarse: Hoy no hay hora, mañana sí. Con estos aplazamientos lo normal es que uno vaya al día siguiente más encendido que de costumbre. De esto a subir las tarifas no hay más que un paso.

21 *mayo*

Todo fue tan de sopetón que todavía no se me ha pasado el sofoco. La Faustina y yo andábamos enredando en la cama cuando sentí que hurgaban en el picaporte. Me volví tal como estaba, o sea a culo pajarero, la mano en la teta de la Faustina, y entonces me veo a un tipo esmirriado, con mandilón gris y un sombrero de paja, apuntándome con una cámara. Sin saber bien lo que hacía le voceé que dónde iba con ese trasto, pero, antes de que acabara de hablar, el cabronazo ya había disparado el flash. Y conforme brinqué de la cama, dispuesto a partirle el alma, el cipote volvió a disparar y oí la voz de la Faustina que le decía: ¿Qué te propones, Adrián? Pero el Adrián ya andaba en el callejón y yo seguía en porreta, orilla la cama, sin determinarme a dar un paso. La Faustina, entonces, se asomó a la ventana y llamó a la Macaria a voces, pero la vieja ni se había enterado de qué iba la fiesta. Luego se llegó a mí y que nunca tranca la puerta, que siempre creyó que con los portones de la trasera bastaba y que lo más fácil era que el Adrián se hubiera escondido entre las pilas de tablones antes de cerrar la sierra. Fuera de mí la agarré por el cuello, apreté y a poco me la ventilo, o sea, cuando la solté, estaba medio privada y me costó Dios y ayuda volverla. Pero, de que abrió los ojos, la dije que hiciera algo, que se moviera, que buscara de una puta vez al Adrián o la pegaba una mano de hostias que ni su madre iba a reconocerla. Conforme la voceaba me di cuenta que estaba en pelotas, y mientras me ponía la camisa y el pantalón, la Faustina se llegó a la salita y yo, con las del beri, tras ella, y ella que no me acalorara demasiado, que todo se arreglaría, que el Adrián era un pendejo que no tenía donde caerse muerto. Porfié que ella iba a encontrarle, aunque fuera bajo tierra, y la Faustina tan terne, que faltaría más, que valiente zascandil, que también ella estaba deseando cantarle cuatro verdades. O sea, la tía achantó la mui, se puso de buenas, como suele decirse, así que le advertí que volvería por la sierra a recoger los clichés o al mismísimo Adrián si lograba engatusarle, que lo mismo que iba a hacer con los clichés podía hacer con él y de seguro me quedaría más a gusto. Ella que tate, que el 25 me aguardaba y que llevara un remanente por lo que pudiera tronar, que conocía a estos granujas y nunca trabajaban por amor al arte. Me largué por no enzarzarme de nuevo, pero anduve corriendo calles durante una hora antes de volver a casa. Y todavía la parienta que vaya cara que traía, que parecía un desenterrado, que dónde había andado. ¡Lo que faltaba para el duro, vamos!

22 mayo

Pasé a intención por la panadería del Partemio. Andaban de arqueo y a uno se le nubla la vista de ver tanto billete junto. Al rato llegó la furgoneta blindada de Segurosa con dos agentes y se llevó los fajos. Le invité a unos vasos y le pregunté por la Faustina, la chica rubia que estuvo en la fiesta del Don Sebastián y de la que ya le había hablado. Pero Partemio no se aclaraba. Le dije que, según ella, era de Castrillo, separada, con dos nenas, pero el tío ni pun. Añadí que su padre, o sea el padre de ella, era compadre de Justo Redondo, el viejo, el panadero, pero el panoli no reaccionaba y quedó en preguntarle al chico. Le pedí que no lo dejara de la mano y él, entonces, me guiñó un ojo y que si valía la pena la chavala y que si lo hacía a pelo. Le sonreí por no desairarle y le dije que con calcetín, que a estas alturas a pelo ni con mi señora.

23 mayo

Me fui con la parienta a la parcela a ver si me serenaba, pero ya, ya. Esto de la urbanización es un cachondeo. Uno quiere engañarse con eso del oxígeno y el aire puro pero en el fondo está pensando en la tele y en el vaso con los amigos. El campo está bien para las ovejas. Ni el olor a espliego y a tomillo me encandila ya. Por si fuera poco, la parienta de morros, que ni amarrada volvía a traerla aquí. Lo que yo la dije, que si cogíamos el dos tampoco creyera que nos iban a poner falta. Y dicho y hecho, agarramos el coche y a las dos y media andábamos en casa. Nos dio tiempo de comer y de ver el culebrón tan ricamente. Esto es vida.

25 *mayo*

A las menos diez ya andaba en la calle la Morería. Pegué dos golpes en los portones pero como si nada. La mema la Macaria ni se dio por enterada. Hube de aguardar a que dieran las ocho en la torre de la catedral para que abriese la puerta. Le pregunté a la Faustina si había algo y ella que los clichés había, que ni tiempo le había dado al Adrián para revelarlos. Le pregunté a cómo iban y ella que a cincuenta el par. Me llevaron los demonios y que dónde coños podía encontrar a ese cabrón que le iba a tentar el bulto. Ella que qué más quisiera ella que saberlo, que el Adrián cambiaba de domicilio cada día. La dije que algún mandado iría a recoger la pasta y siempre se le podría echar mano y hacerle soltar el mirlo. La Faustina que lo olvidara, que en el barrio conocían al Adrián y era un tipo que sabía nadar y guardar la ropa. El caso es que no llevaba encima los cincuenta papeles y ella que cogiera sólo un cliché, que de ella podía fiarme y que fuera a recoger el otro el 15 del mes que viene. Le dije que de acuerdo, y ella levantó un pico de la tapeta y me lo entregó. Y allí andaba yo, saltando de la cama en pelota picada, mi mano en la teta derecha de la Faustina. Debió de verme acuitado porque, sin venir a cuento, se puso a cimbrear las domingas y que si quería pasar un rato. Lo que yo la dije, que lo nuestro podía darlo por terminado. Ella, con todo el cuajo, que si dejaba el campo libre al pívot, y yo que el campo, la cama y el suplemento. Entonces se ajustó la rebeca sobre el ombligo y que el 15 del que viene me aguardaba para recoger el encargo.

26 mayo

Telefonearon a media tarde de casa de don Tadeo, que si podía ir para allá. Lo que tardé en calzarme los mocasines. La sala parecía un funeral. Todo el mundo hablaba a media voz y doña Cuca me dijo que el Toni había sufrido un accidente de automóvil y estaba en coma en el hospital de Zaragoza. Doña Asunción añadió que a Dios gracias las fornituras estaban a buen recaudo. El señor Piera, sentado en la mecedora, andaba hecho un lloraduelos, que no se encontraba bien y si podría llevarle mañana a Zaragoza. Le dije que a mandar, que para eso estaba y, mientras, me fui por orden suya a Ambulancias Garrido para encomendarles el traslado. Salvo la señal, que la pagué de mi bolsillo, no pusieron inconveniente. El bueno de don Tadeo quiere dar tierra al Toni en el panteón familiar. Rellené un montón de impresos y llamé a doña Cuca por teléfono para que me diera los datos.

27 mayo

Salimos temprano para Zaragoza, don Tadeo a mi lado y, detrás, doña Cuca. Hacía buena mañana y a mi patrón todo se le volvía decir que el campo estaba agostado. Hasta que me cansé y le dije que lo que estaba era casi en sazón, y él que, a pesar de todo, debía reconocer que *agostado* era un bello vocablo. Luego se puso a hablar de los pueblos, conque si era la cosecha la que ordenaba su vida, pero la cosechadora había venido a apuntillar la cultura rural, hasta que terció doña Cuca que le encontraba muy excitado y que procurase dormir un poco. Entonces fue ella la que cogió la vez y tuve que rogarle que candara el pico porque, de otro modo, acabaría perdiendo el control del coche. Con esta mujer se puede pasar un rato, pero cuando se le calienta la boca es más tonta que un hilo de uvas.

Al llegar, la primera noticia fue que el Toni había fallecido y lo tenían metido en el frigorífico. Don Tadeo se puso loco, que lo sacaran de allí sin demora y montaran una capilla ardiente como Dios manda. Luego me encargó despachar la ambulancia, contratar el traslado con una funeraria y comprar unas flores. Cuando volví, se subía por las paredes, que al demonio se le ocurre comprar flores amarillas, que si no sabía que el amarillo traía mala suerte, y lo que yo le dije, que peor no podía tenerla ya el pobre Toni. El tío se mordió la lengua y ni rechistó. Luego me hizo llamar a casa para organizar el entierro en el panteón familiar. Doña Cuca, que está en las nubes, que si Toni en el panteón familiar, y él, entonces, se atufó y que dónde quería que diese tierra a un hombre que en la vida había representado todo para él. Doña Heroína telefoneó al poco rato poniéndose de parte de su hermana y se armó allí una olla de grillos que no había cristiano que parase. Finalmente, don Tadeo dijo que si Toni no entraba en el panteón tampoco lo haría él el día que Dios le llamara, con lo que, al fin y a la postre, terminó saliéndose con la suya. Al caer la tarde me largué a cenar fuera y a buscarme una cama donde dormir. A las ocho hemos quedado con la funeraria en la puerta del hospital.

28 *mayo*

Regresamos sin novedad. En el funeral no seríamos arriba de veinte personas, y en el cementerio, fuera de don Tadeo, un servidor y una hermana del difunto, puede decirse que no había un alma. En el corredor, en el anteúltimo nicho, metieron el cadáver del Toni orilla de don Edmundo, el patriarca. En el hueco siguiente, don Tadeo pegó un papel que decía: «Reservado para don Tadeo Piera». A la noche dormí en casa y la parienta que casi no me conocía. Lo que yo la dije, si a cuenta de mi ausencia caen diez mil del ala tampoco las vamos a hacer ascos.

29 mayo

Encontré a don Tadeo aliquebrado. Al cabo me confesó que en la cartera del Toni habían aparecido dos cartas muy efusivas de un tal Silvio Amado, y un soneto manuscrito del Toni dedicado a él. Toni me ha sido infiel, me dijo todo mohíno. Quise echarlo a barato pero él que su papel en esta historia resultaba desairado, que era como una de esas viudas cornudas que fingen desconocer los devaneos de su marido. La parienta, cuando se lo conté, no ha tenido más remedio que envainársela.

30 mayo

Pasamos por un cantero para que rebaje el hueco entre los nichos y poner allí una fotografía del Toni y otra de don Tadeo. Le pregunté extrañado al señor Piera que si fotografías en la sepultura y él que tal cual, que se trataba de una costumbre mediterránea que a él personalmente le gustaba mucho.

31 mayo

Por la tarde pusimos las fotos y una placa debajo: «Inolvidable guepardo... Amé hasta tus felinos desplantes». No quiero pensar en el bochinche que se va a armar aquí el día que se presenten en el camposanto doña Cuca y sus hermanas.

2 junio

Entre tanto muerto y tanto camposanto estoy perdiendo hasta la alegría de vivir. Esta tarde me llegué a la parcela a sembrar unos pimientos y unos tomates. Cuatro surcos, pero para una ensalada valen. Hice el cuadro orilla la chabola, por tener el agua a mano, y ya estaba terminando cuando apareció el montaraz. Primero se puso de buenas pero terminó preguntándome con mucha sorna cuándo pensaba edificar. Le dije que edificar qué, y él que la casa, que si no era la chabolilla el chamizo de los aperos. Le dije que la chabolilla era *la casa* y él que no, que no podía ser, que eso no estaba autorizado. Me mosqueé y que quién era el mandria que se iba a oponer, que la parcela era propiedad, y él que el reglamento, y en último término, el propio presidente me lo diría por carta. Me atociné y le dije cuántas son cinco. La parienta se hacía de cruces, que si es que no había pagado el plazo de la parcela. Ya la advertí que como estar estábamos al día, pero hay mastuerzos que les gusta meter las narices donde no les importa.

4 *junio*

Se me presentó Melecio a última hora. Que en la fábrica lleva tres meses sin cobrar. Ésta sí que es gorda. Que la empresa ha reconocido la deuda y les ha dado buenas palabras pero, lo que el Melecio dice, que eso está muy bien, pero con reconocimientos y buenas palabras no se come. Le pregunté cómo había dejado pasar tanto tiempo sin chistar y él, como de costumbre, levantó los hombros y que a ver qué iba a adelantar descubriendo la hilaza. Este Melecio es como Dios le ha hecho; si no habla es por no morderse la lengua.

6 *junio*

Esta mañana nos topamos con un chaval de pelo rizado y ojos verdes en la cripta del panteón. Miraba sin dejarlo las fotografías y, al vernos aparecer, se presentó como el Silvio Amado, amigo del Toni. Antes de que el patrón reaccionase, le dijo que imaginaba que sería don Tadeo y que Toni hablaba de él con mucha estima. Don Tadeo dijo que no con la cabeza, pero que, no obstante, un amigo de su amigo era también amigo suyo. Se dieron la mano y el señor Piera se la retuvo. Luego me presentó como su secretario y el Silvio Amado me alargó una mano pequeña y sudada. Cuando salimos, don Tadeo, engolosinado con el Silvio, le invitó a almorzar, pero el Silvio que hoy no, que otro día, que tenía que coger el coche de línea de Aranda. El patrón le preguntó entonces si estuvo con Toni antes de morir, y él que natural, que se veían a todas horas y el Toni siempre decía que don Tadeo había sido más que un padre para él. A última hora me tocó llevar al Silvio Amado a la estación de autobuses. Mano a mano me preguntó desde cuándo andaba con el viejo. No me gustó el tono pero se lo dije. No me di cuenta de la intención hasta que llegué a casa. ¡La leche que ha mamado!

9 junio

Pasé por donde Partemio. Según él, el Justo Redondo, el viejo, no tiene más que un compadre y únicamente con hijos varones. O sea que la rubia esa, me dijo, además de puta es una cuentera. Le dije que la Faustina porfiaba que el Justito y ella eran como hermanos, pero el Partemio me hizo ver que aunque a la fiesta no se invitaron capulinas se habían colado más de tres y más de cuatro pero, unos por otros, ninguno las llamó al orden. Con mucha guasa me preguntó si me había enamorado de la prójima, y, lo que yo le dije, que no se trataba de eso, aunque era cierto que me tenía encoñado. El capullo se relamía y me preguntó si tan buena estaba, y cuando, por darme pote, le dije que tenía el culo tan duro que no se le podía coger un pellizco, tuvo que morderse la lengua para no pedirme el teléfono.

12 junio

Recibí carta del presidente de El Sardón, un vendehúmos. O sea que en la parcela «no pueden construirse mechinales ni efectuar siembras de hortalizas». Está bueno eso. Entonces ¿en qué se conoce que soy propietario? Don Tadeo, que en toda relación humana hay que contar con los demás, y el jodido de mi sobrino José Antonio, que todo lo sabe, que cualquier asociación ha de regirse democráticamente, o sea por mayorías. Ya cargado, le pregunté si es que ni siquiera podía hacer de vientre en una parcela de mi propiedad, y él que si daba olor o a la gente le disgustaba verme las cachas, tampoco; que nadie podía regirse por la ley de la selva. Le pregunté si es que no me quedaba otro remedio que edificar un chalé, y él que una de dos: edificar o vender la parcela, no había otra opción. Me han hecho la santísima.

14 *junio*

Estuvimos un rato en el parque. El patrón salió con que el Silvio Amado no le parecía mal muchacho. Le conté que al despedirle el otro día en la estación de autobuses me había preguntado por el tiempo que llevábamos juntos él y yo. A don Tadeo se le alegraron las pajarillas y que si no fuese tan viejo pensaría que estaba celoso. ¡No te giba! ¡En buena nidada ha ido uno a caer!

15 *junio*

Me llegué donde la Faustina y le di los veinticinco billetes a cambio del otro cliché. La foto está un poco velada pero no deja de ser comprometida. Luego, mientras ella bordaba un cojín, la fui cercando con que si el Justo Redondo sólo tenía un compadre, con que si en Castrillo no la conocían, con que si tal y que si cual, pero la zorra de ella tan fresca, para todo encontraba salida. Así es que cuando le solté la bomba, o sea que el Justo ni siquiera había oído mentarla, ella como quien oye llover, que a ver qué iba a decir ahora el cabronazo ese. La dije que ella había dicho que eran como hermanos, y ella que eso, que *eran*, pero su padre y el Justo habían regañado dos semanas atrás por una cuestión de lindes y ahora ni se hablaban. En éstas la Faustina se pinchó con la aguja y se chupó la yema del dedo. Creí que se había puesto nerviosa, pero qué va, que desde entonces su padre y el Justo eran como dos extraños, que se tropezaban en la cantina y no creyera que se daban los buenos días. ¿Quién miente? ¿Él o ella? ¿Y qué adelanto yo con que el Partemio le ponga al Justito contra las cuerdas? ¿Voy a cobrar por ello? Con no volver por la calle Morería asunto resuelto. Pero, según me largaba, me vino la idea a las mientes. ¿Y si la Faustina estaba jugando con dos barajas? ¿No podría ser la propia Faustina, si la seguía los pasos, la que me llevara donde el mamacallos del Adrián? Pues no me lo pensé dos veces. Ya en la calle me colé en un portal, frente a los portones de la trasera y, como esperaba, a los cinco minutos salió ella. La tía iba pidiendo guerra, enseñando hasta el culo por la raja de la falda. La seguí de lejos, entre los coches, pero en la tercera bocacalle agarró un Panda y me dejó con un palmo de narices. El coche no era nuevo pero tampoco viejo y, aunque había poca luz, juraría por mis muertos que tenía dos ochos en la matrícula.

Ella, naturalmente, ni enterarse. Pero si mañana la aguardo con el R-11, puedo averiguar dónde para de una puñetera vez.

16 junio

A las ocho menos cuarto agarré el R-11 y me planté en la calle Morería. Dejé el coche en doble fila y me metí en el portal 18 frente a los portones de la trasera. Pero dieron las ocho y nada, luego las nueve y nada, y finalmente las diez y allí no apareció un alma. A las y diez, más mohíno que otro poco, agarré el llamador y le pegué dos golpes al portón con repique y todo. Pero no acudió nadie. Volví a pegarle con toda mi alma y tres cuartos de lo mismo. De regreso, encontré otra multa en el parabrisas y la guardé para la colección.

17 *junio*

Volví con el coche donde la Faustina. En dos horas no apareció nadie en la calle Morería. La zorra esta me está dando el pego. ¿Dónde coños se mete ahora? ¿Es que ha cambiado el lugar de sus citas?

19 *junio*

Me quedé otra vez de plantón en la calle Morería. Los portones parecen condenados. No asoma un alma allí. Por la razón que sea la Faustina no viene ya por la sierra.

21 *junio*

Llamé tres veces al 206060. En la última se puso un maromo y le pregunté por la *vira*. El cipote, de malos modos, que aquello era una sierra y no había mujeres allí. Callé la boca por no armar la polca, pero lo cierto es que no sé por dónde tirar. ¿Dónde se han metido la vieja y la Faustina? ¿No he hablado veinte veces con ellas en este mismo número? Las buscaré debajo la tierra si hace falta pero a mí este capullo no me la pega.

23 *junio*

La parienta y yo llegamos hoy a un acuerdo sobre la parcela. Así que cuando la dije que no había otra alternativa que edificar o vender y que hoy un chalé medianejo rondaría los veinte kilitos, le faltó tiempo para decirme que fuera buscando comprador. Se la ofreceré al Partemio, que anda en fondos.

25 *junio*

Al Partemio se le ahogaba hoy con un pelo. Dice que el Justito porfía en subirles dos pelas la pieza y eso puede desbaratar el negocio. Le pregunté si no daban salida a toda la mercancía, y él que no, que lunes y miércoles había sobrante. Le aconsejé que cargasen ellos las dos pelas al comprador, y él que en eso andaban, pero les da rilis que la clientela se retraiga. En el peor momento le solté lo de la parcela, si no le interesaría, y el cipote que qué podía hacer él en una parcela que no pueda hacer en casa. Cuando le pedí que se lo propusiera al Arcadio, me salió con que al Ovejero, con la proposición del Justito, no le cabe un piñón en el culo.

27 *junio*

Doña Asunción que perdonase el retraso pero que, con lo de Zaragoza, la cuenta de este mes había resultado muy laboriosa. No me cogió de sorpresa cuando me dijo que mis honorarios, con unas cosas y otras, ascendían a 74.600 pelas. Y todavía faltan por liquidar la pensión de la noche aquella y la señal que pagué al Garrido por la ambulancia. Recuerdo que en el Centro, un catedrático por oposición embolsaba, pela más, pela menos, 36.000 líquidas, incluidos los obvencionales. Ya sé que estoy hablando de los tiempos del Diluvio, pero hace medio año en FUTESA, sin ir más lejos, no llegaba yo a las ciento cincuenta, incluidas extras y horas. A ver qué tienen que decir la Sonia y el Lorenzo ahora. Le di las gracias a la señora pues ha contado como horas de servicio inclusive las que pasé durmiendo en Zaragoza.

30 junio

Hoy me remangué y bajé a la calle Morería. Me puse a dar mamporros en la trasera hasta que abrió un gicho en camiseta con los brazos como troncos. Que qué tripa se me había roto, el tío, que qué manera de golpear, que si creía que era sordo. Le dije que disculpase, que buscaba a una tal Faustina, y él que aquello era una sierra y no curraban mujeres. Le anticipé que había estado con ella allí mismo, no hacía todavía dos semanas, y él que si no sería yo, por un casual, el panoli del teléfono. Le dije que tate, y él, entonces, que ya estaba bien, que si volvía a mentar a esa mujer me iba a poner la cara como un *ecce homo*. Traté de apaciguarle pero leches. Aquí están todos conchabados o lo han estado hasta ayer, que para el caso es lo mismo.

2 julio

Don Tadeo amaneció hoy de buena luna. El Silvio Amado le ha escrito que le gustaría trabajar para él, o sea sustituir al Toni en las fornituras. Le pregunté si valdría el Silvio para eso, y él que sin duda, que había acompañado al Toni con frecuencia y estaba familiarizado con el negocio. Le dije, entonces, si iba a darle la plaza, y él que le parecía un chico formal y aunque sólo fuese por el cariño que había demostrado al Toni le agradaría complacerle.

El chaval rubio de la camiseta de Pensilvania no se dejó ver en toda la mañana. Camino de casa, don Tadeo me anunció que a fin de mes marcharía un par de semanas a San Juan de Luz. No me determiné a preguntarle si me llevará con él o me dejará de non, abonándome un fijo.

4 julio

Mi sobrino me prometió esta mañana que ofrecerá la parcela a algún cliente, pero que estas pequeñas cosas mejor anunciarlas en el diario. ¡Pequeñas cosas! ¡No te giba! Puse un anuncio por palabras y me llevaron siete duros. ¡Jódete y baila! Hoy día te cobran hasta por respirar. Estos anuncios los he conocido yo a perra gorda la palabra.

6 julio

Le eché morro al asunto y me personé en las oficinas de la sierra con la disculpa de unas ventanas. El encargado dale con que si eran para viviendas o para oficinas. Le dije que para un grupo escolar y él entonces sacó el muestrario, y que si saldrían a concurso. Le dije que ni por pienso, que yo era el conserje y tenía poderes para cerrar el trato. Así me lo fui ganando y cuando le pregunté por la casita de la trasera me contestó que sí, que era la del sereno de noche y vivía allí con su madre. Andaba engolosinado con las ventanas y aunque le tiré de la lengua no saqué nada en limpio; salí por la trasera. Las persianas de la casa estaban bajadas y no se veía un alma alrededor.

8 julio

El Melecio tampoco cobró este mes. ¡Y van cuatro! Él dice que desde hace un par de semanas hay movación en la oficina. Le pregunté qué clase de movación y él que qué movación iba a ser, de personal, de madereros que quieren cobrar, de gente rara que entra y sale. Le dije si le habían dicho algo al respecto, y él que nones, que salvo que no había numerario, don Eleno mantiene el pico cerrado y el bueno del gerente no se atreve a dar la cara. ¡Y todavía el Tochano que lo de la crisis es un invento!

9 julio

Telefoneó un candongo por lo del anuncio. Le di el precio, y él, con mucha guasita, que en la misma urbanización vendían más barato. Le dije que puede, pero que en mi parcela había un refugio para dos personas y una pequeña huerta que no tenían las demás. El tipo se echó a reír, que justamente lo que sobraba. Le advertí que estas mejoras me habían costado un parné y no estaba dispuesto a perderlo. El mandria me colgó el teléfono.

11 julio

A estas alturas del calendario, con sus vestiditos de verano, las chavalas están que lo tiran. Razón le sobraba al difunto Zacarías cuando decía que, en llegando mayo, se ponía buena hasta la mujer de uno.

13 julio

Don Tadeo armó hoy, a base de letras gordas recortadas de los diarios, un cartel que decía: D. TADEO PIERA PREMIO NOBEL DE LITER... Lo encontré sobre la mesa de su despacho, según fui a recogerle, pero no le dije ni mus. Ya en la calle me comentó que los de *El Cocodrilo* le habían vuelto a sacar la lengua. Que en un artículo sobre poesía ni le mentaban siquiera, cuando, de toda la poesía viva, era él, con Rafael Alberti, el más representativo. Intenté quitar hierro al asunto pero él erre que erre, que había mucha mala uva en el país, que en el artículo se citaba nada menos que a cuarenta y tres poetas, algunos niños bitongos, y él como si no existiera. A lo bobo, a lo bobo, desde el quiosco a su casa, don Tadeo invirtió hoy catorce minutos y diez segundos, o sea, batió el récord, pues desde que sale conmigo, no bajó nunca de los quince. Se diría que los palos de los críticos le amontonan el juicio pero aligeran sus piernas.

17 *julio*

Subí donde Melecio. En la fábrica no hay novedad, me dijo. Entonces le conté lo de la Faustina. El panoli meneaba la cabeza de un lado a otro todo el tiempo. Mal asunto. Se lió a preguntarme detalles, que si la sierra, que si la casa, que si la relación de la Faustina con el Adrián, que más parecía un poli. Lo que yo le dije, que precisamente todo eso es lo que quisiera yo saber. Entonces el Melecio dijo que me desengañara, que un taco así no se armaba por cuatro perras gordas, que antes de devolver los clichés, el capullo ese del Adrián podía haber sacado mil copias y que únicamente así se explicaban algunas cosas. Le pregunté qué haría él en mi pellejo, y él que candar el pico y aguardar a verlas venir. El bueno de Melecio me ha dejado temblando la contera.

20 *julio*

Se presentó el Silvio Amado más blanco que la leche. De primeras fuimos al camposanto en el coche y luego nos acompañó al parque. Y, como en tiempos del difunto Toni, me tocó hacer de convoyante; o sea, don Tadeo se agarró de su brazo y yo como un cero a la izquierda. Una vez sentados en un banco, el señor Piera me mandó a por el *ABC* y cuando volví habían pegado la hebra y el Silvio Amado le decía que había visto actuar a un fornituras y él podía desempeñar ese trabajo con los ojos cerrados. Después hablaron del verso del guepardo y don Tadeo le dijo que correspondía a la poesía dedicada a Toni y que el día que tuviera tiempo se la leería. El Silvio Amado dijo que por qué no esta tarde, y don Tadeo, entonces, le invitó a almorzar. Hablaron de visitar al jefe de taller a última hora para que le fuese conociendo y, como a mí no me dijo ni pío, imaginé que con Silvio pensaba valerse y me quedé en casa.

22 julio

El Silvio Amado se largó al Burgo de Osma sin despedirse. Don Tadeo, que a la próxima semana debutará como fornituras en Castilla y León. El calor aprieta y nos refugiamos en el Paseo de los Tilos. El patrón andaba como pensativo y, al cabo, me dijo que cuando leyó el poema de Toni al Silvio Amado, éste había roto a llorar y él se conmovió tanto que no pudo seguir leyendo. Luego añadió que cualquier día me lo leería a mí, que soy más duro y sé tenérmelas tiesas con el lucero del alba.

23 julio

Hoy suspendió pagos Maison del Mueble. Doscientos tipos a la calle. Esto es una vergüenza; Melecio se ha quedado a verlas venir. Él dice que están en cabeza de la lista de acreedores pero que, en el mejor de los casos, nadie les libra de la quita y espera. Le pregunté con qué se comía eso y él que más o menos aguardar un par de años para cobrar la mitad. ¡Negocio redondo! Según él pasaron la mañana a las puertas de la fábrica voceando a don Eleno y luego fueron a sindicatos pero ni caso. O sea, la de siempre: año y medio cobrando del paro y luego a mirar.

24 julio

Mi sobrino me mandó un panoli por lo de la parcela. Le llevé a verla y me dijo de entrada que mil el metro cuadrado era mucho dinero con la dichosa chabola en medio. Por ver si cantaba la gallina le dije que bien fácil era quitarla, pero el gili que quitar y poner siempre suponía un desembolso. ¿Y si le bajo cincuenta billetes?, le dije. Y él que aun en ese caso, que borrar la huella de un error siempre resultaba caro y difícil.

27 *julio*

Hubo carta de la Sonia. La condenada espera un bebé para mediados de octubre, una meona. O sea, cuando se casó, andaba preñada de cuatro meses. La parienta me puso una jeta como si fuera yo el padre de la criatura.

30 *julio*

Hoy es fuego. Le conté a don Tadeo lo de la Sonia y él me salió entonces con que hoy día había que desconfiar de los jóvenes y de los sudacas. Le pregunté que qué tenía que ver el culo con las témporas y él que la Prisca, la empleada del hogar, se les había largado por la puerta de los carros después de pagarla el billete desde Guatemala. Le dije lealmente que me chocaba, que la chica les estimaba, y él que quizá fuera así, pero había acabado haciendo la del otro: aguardar a un primo que le pagase el viaje para largarse luego a Madrid con el mejor postor. De vuelta a casa me rogó que le preguntara a la parienta si sabía de alguna chica para fija, que para asistenta sobraban pero el internado no le peta hoy a la juventud.

1 *agosto*

Doña Cuca que qué vergüenza, que si había visto cómo estaba el servicio. En toda la santa mañana no me la he podido quitar de encima. Que por favor, que le busque sustituta a la Prisca, que tal como está su hermano les es imposible vivir sin una mujer en casa. Le prometí que haría unas gestiones y la avisaría.

4 agosto

Marchó el Silvio Amado con las fornituras. El gicho, con el codo en la ventanilla, iba más bonito que un San Luis. Se lleva el número de fax de la joyería para comunicar cada día dónde para. Al arrancar, don Tadeo le dijo al jefe de taller que habían hecho un buen fichaje, y el otro que Dios le oyera, que ojalá fuese cierto.

6 agosto

Me he tirado dos tardes de guardia en los portones de la sierra. En realidad para nada, por más que hoy, sobre las diez, apareció el andóbal ese de la camiseta con una tarterilla y un porrón de vino. No quise abordarle por no armar litigio.

9 agosto

Hace un sol de justicia, un bochornazo que no se puede aguantar. Justito me habló esta mañana de una chica de Castrillo para don Tadeo. Atiende por Ulpiana, es un poco coja y le cantan los alerones, pero tiene buen rollo. Eso sí, por menos de setenta billetes no se agacha. Doña Cuca, que por probar nada se pierde. Y la Ulpiana que de acuerdo. Y en eso han quedado, en probar, y a fin de mes tomar una determinación.

Don Tadeo se empeñó en leerme la poesía del Toni. No le entendí ni jota. Hubo un momento, hacia la mitad, en que se cortó y se le llenaron los ojos de lágrimas. También gibaría que el cipote se me pusiera a llorar ahora, pensé. Pero no, salió del trance y acabó con la de siempre, que qué, y yo que bien, que me parecía honrada (doña Cuca, al hablar de la Ulpiana, me acababa de decir que lo importante es que fuera una chica honrada). Don Tadeo que era una observación interesante. Con el patrón nada como andar al loro para no quedarse de cuadra.

12 *agosto*

Doña Asunción me liquidó la mensualidad por anticipado. Por conveniencia de la joyería prefiere pagarme antes del 22 de cada mes. Incluido cementerio, viajes y demás, la cifra se ha puesto en las 55.000 cucas, que por tres semanas no está mal. Me agradeció la chica, aunque en realidad, dijo, renquea y huele a chotuno, pero cree que este punto se podrá solucionar con un poquito de higiene y un buen desodorante.

14 *agosto*

Esta mañana el patrón la cogió modorra con que estaba más joven que cuando entré a su servicio, que qué tiempo tenía. Lo que yo le dije, como es público y notorio los sesenta ya no los cumplo, don Tadeo. Y él que, bien mirado, la edad no la dan los años sino las apariencias. Le enseñé las patas de gallo y las canas de las sienes, y él que la vejez no estaba ahí sino en la cadencia del cuerpo, y que yo me movía con la gracia de un corzo. Me apretó el bíceps y dijo que me desengañara, que yo no aparentaba más de los cincuenta, la edad del pobre Toni cuando falleció. El piropo no será cierto pero es agradable oírlo.

15 *agosto*

El panoli del Silvio Amado ve crecer la hierba, como yo digo. No mandó fax sino una carta personal al señor Piera que no ha querido leerme. Por lo visto le dice que «había ganado Zamora en una hora» y andaba ya por la parte de Salamanca. Muy de prisa va ése, me parece a mí. No sé, no sé.

18 agosto

Al fin pulí la parcela. Un mermado de Rodales de Hornija se la quedó por 700 papeles el metro. Le pedí 900 pero en cuanto abrió el pico se lo dejé en 750. Él que nones, que 700 y, por no discutir, hicimos trato. Cien menos de lo que me costó a mí, pero si aguardo dos días más, la crisis me agarra por la entrepierna. Y lo que José Antonio dice, si a uno le coge la crisis es lo mismo que si le coge un toro bravo, tío: te desguaza. Y en resumidas cuentas, con cien papeles me limpio yo el ojete.

20 agosto

Doña Cuca me comunicó esta mañana que finalmente la Ulpiana se quedaba en la casa, que habían llegado a un acuerdo. En vista de ello, el jueves se van a San Juan de Luz. Apareció la Ulpiana y doña Cuca me presentó como el señor que la había recomendado. Ella se puso a reír a lo bobo, y yo que si de Castrillo, y ella que nacida y criada, y yo que si conocía a una tal Faustina, rubia ella, separada, con dos nenas, hija de un compadre del Justo Redondo por más señas. Ella que conocía al panadero, pero no sabía de ninguna del pueblo que atendiera por ese nombre. La Ulpiana esta será todo lo honrada que quieran pero parece más tonta que un hilo de uvas. Eso sin contar el fato, que tira para atrás. ¡La madre que la parió!

22 agosto

Don Tadeo marchó en el rápido a mediodía. De primeras pensé que nos llevaría a la chavala y a mí pero el tío no estaba por la labor. Doña Asunción me prometió un fijo diario, o sea dos horas, billete y medio. Y que si no me llevaban era porque la casa era muy chica y ellas allí, sin mejor cosa que hacer, podían atender a su hermano.

24 agosto

Esta mañana me recorrí de cabo a rabo el barrio de las putas. Una pendejada, porque la gente del gremio no se levanta antes de las doce. Al garduño del Adrián no le encontré ni vivo ni muerto y eso que hice en los bares las consabidas averiguaciones. Llegué a casa con una cogorza que no veas.

26 agosto

Don Tadeo me puso una postal desde San Juan de Luz. Muy atento el hombre. Que estaba bien, que tenían buen tiempo y podía pasear por el bulevar con ayuda de sus hermanas. Se interesa por mi salud y me dice que no le diga a nadie que soy abuelo. A la parienta le hizo gracia la salida, pero sólo dijo: Y más que lo vas a ser, hijo de mi alma, cuando la otra se desdoble. Es la primera referencia que hace a la barriga de la Sonia.

29 agosto

El mermado de Rodales ingresó esta mañana las pelas de la parcela. Al decir de la chavala, si todos mis negocios fuesen como éste, acabaríamos pidiendo limosna. Cerré el pico por no armar la gresca.

3 septiembre

Llegó don Tadeo en el rápido de Irún. Viene curtido y aparentemente más saludable el hombre. Pero cuando le saqué a dar un garbeo se agarró de mi brazo como una lapa. Me confesó que había aprovechado estos días para empezar un nuevo libro. Le pregunté que si de versos, y él que natural, que la prosa no la trabaja. Le dije que si tan distintos eran el verso y la prosa, y él que entre uno y otra había la misma distancia que entre Miguel Ángel y un pintor de brocha gorda. No quise preguntarle a qué Miguel Ángel se refería por no ponerle en un brete. Ya en casa me propuse, mientras dure la calor, dar el paseo a la caída del sol en lugar de a mediodía.

4 septiembre

A las ocho subimos al camposanto, pero ya habían cerrado. Don Tadeo habló de volver mañana en el coche a las once de la mañana. Y en eso quedamos. Me anunció que el 7 del que viene tenemos conferencia en Zamora, en la Casa de la Cultura.

5 septiembre

De que la parienta bajó al bingo, empezó a sonar el teléfono y no lo dejaba. Cuando lo cogí no contestó nadie y eso que sentía el aliento del vaina que había llamado. Colgué, pero al minuto ya estaba sonando otra vez. Como nadie decía nada, acabé voceándole que por qué no le iba a hacer la barba a la zorra de su madre. Volví a colgar pero volvió a sonar. En vista del éxito dejé descolgado, lo olvidé y a la noche la chavala me puso a caldo.

7 septiembre

Salvo un fax del día 2 desde Ávila, no se sabe una palabra del Silvio Amado. Ya estamos. Esta tarde llevé al señor Piera al taller y estuvo un buen rato en el despacho del jefe. Salió muy alterado. Dimos un garbeo pero no llegó a franquearse. Lo único que dijo es que el Silvio Amado había aprendido las tretas del Toni demasiado pronto. Que el silencio del Toni fue su despedida mientras el del Silvio Amado era su presentación. Mal asunto.

10 *septiembre*

Al parecer el jefe de taller ha comunicado con todas las joyerías de Castilla y León interesándose por el Silvio Amado, pero quitando Zamora y Salamanca hace un mes, y Ávila, el 2 de éste, ninguna da razón. En casa del patrón se hablaba hoy chiticallando, como si hubiera un difunto. Le pregunté a doña Cuca qué podían valer las fornituras que llevaba el susodicho y ella que mucho dinero, que una millonada. Anduvieron porfiando si dar parte o no y, finalmente, terció doña Asunción que mejor aguardar a mañana, que nada ganaban con precipitarse.

12 *septiembre*

Apareció el coche del Silvio Amado sin conductor y sin maletas en Madrid, en la calle Doctor Esquerdo. La poli dice que lo mismo podía llevar ahí una semana. Don Tadeo declaró en comisaría que no creía que el Silvio fuera un ladrón sino la víctima de un secuestro. Pero doña Cuca lo echó todo a rodar al decir que era un muchacho a prueba y que inclusive desconocían si tenía antecedentes. El inspector preguntó cómo encomendaron tarea tan delicada a una persona sin padre ni madre, y ella que cosas de su hermano. Y todavía lo puso peor doña Heroína cuando dijo que Madrid no figuraba en el itinerario, aunque el jefe de taller, mirando por el patrón, salió con que tampoco era imposible que fuera otro el que hubiera llevado el coche a la capital. Los del seguro andan agazapados, o sea, si el Silvio Amado ha sido secuestrado, pagan, si el ladrón es él, no, porque en ese caso la responsabilidad sería de don Tadeo.

13 septiembre

De que marchó la parienta el teléfono empezó con la murga del otro día. Lo cogía y a callar, aunque al mandria se le sentía respirar al otro lado. Por más que le voceé, él mutis, como tonto en vísperas. Acabé descolgando para que me dejara tranquilo.

14 septiembre

Hubo carta de don John. El andóbal desea volver a España para entrevistar al señor Piera. Dice que el Claustro de la Universidad está estudiando solicitar el premio Nobel para don Tadeo teniendo en cuenta su obra y el curso que dio allá por el año 58, que ya ha llovido. Por buenas componendas han determinado editar su libro *Cogidos de la mano* que, aunque corresponde a la primera época del señor Piera, les parece el más atractivo para el lector inglés. Con unas cosas y otras, el patrón andaba hoy en sus glorias y así que llegó a casa y sus hermanas le preguntaron si había novedades, respondió que sí, que le iban a dar el premio Nobel. Las hermanas se miraron como si estuviese majareta y, al fin, doña Heroína dijo que si era cierta la noticia lo celebrarían como merecía, pero que lo que de momento urgía era encontrar al Silvio Amado con las fornituras. Don Tadeo perdió los estribos y llamó a sus hermanas zorras interesadas, y dijo que se bastaba y se sobraba para correr con todos los gastos y que, por lo tanto, podían dormir tranquilas. A última hora estaba tan contrariado que habló de anular la conferencia de Zamora.

15 septiembre

Hoy refrescó y nos llegamos al parque, a la Fuente de Venus. Por allí andaba la mamá de Sonsoles con la chavala y, así que nos guipó, la agarró de la mano y se largó con viento fresco.

Don Tadeo, muy preocupado el hombre, que si la habría ofendido en algo. Lo que yo le dije, que levante el dedo el que entienda a una mujer. Él, entonces, se puso a hablar de don John, de la que se iba a armar en la ciudad si le concedían el premio Nobel, y yo le pregunté si es que no habría más propuestas que la suya, y él que, como haber, habría cientos de ellas, pero que a alguno le tenía que tocar.

Y cuando le dije mi verdad, que eso era tan difícil como ir de sufridor al *Un, dos, tres...*, él se atocinó y que ya estaba yo con mis comparaciones improcedentes. Camino de casa se le pasó el berrinche y me prometió que si un día le dieran el premio yo iría con él a Estocolmo en calidad de secretario.

16 *septiembre*

Anoche trincaron al Silvio Amado en el barrio chino de Barcelona. Aunque había malbaratado las fornituras, todavía le quedaba la calderilla. Don Tadeo dijo por teléfono que prefería no verle salvo si el señor juez lo estimase necesario. Al patrón le acobarda dar la cara y ha andado todo el día de Dios de la ceca a la meca, sin saber qué partido tomar. Cuando salimos, tardó más de veinte minutos en llegar al quiosco, a por el periódico.

17 *septiembre*

Hace tanto calor que hemos vuelto a los paseos de tarde. Entre dos luces nos fuimos al parque y don Tadeo soltó el mirlo: que le dolía tanto su fracaso con el Toni como la traición del Silvio Amado. Luego volvió a coger la modorra con mi edad. Echándolo a barato le repetí que los sesenta ya no los cumplía, y él que no me fiara del calendario, que con la barba rubia y la viveza de los ojos talmente parecía un muchacho. Me miraba sin dejarlo y únicamente decía: ay, Lorenzo, Lorenzo. Según se echaba la noche las parejas empezaron a amartelarse y fui yo entonces y me levanté y le dije que andando, que se estaba echando el relente y podía constiparse. El marica de él me colocó la mano bajo el sobaco y que de qué tenía miedo, que no iba a comerme. Me puse de mal café y él debió de notarlo porque retiró la mano a escape. Y para quitar hierro empezó a hablar del Silvio Amado, que en la pensión de Barcelona había aparecido una maleta con fornituras y una libreta con 253.600 pelas en una sucursal del Banesto. ¡Buen prójimo! Cuando salimos a la Avenida, se le pasó el sofoco y anduvimos un rato en una terraza tomándonos una caña. Me anticipó que decididamente en Zamora hablará de la irrenunciable libertad del poeta.

18 *septiembre*

Nos sentamos en el mismo banco que ayer y don Tadeo me salió con que tenía poco vello y que si me importaba recogerme un poco la pernera. Me la subí hasta la rodilla y él que menos aún de lo que imaginaba, y lo que yo le dije, que el pelo de las piernas se cae con los años por el roce del pantalón. Él dijo entonces que por mi barba deducía que nunca había sido un oso, y yo que eso tampoco, pero aunque otra cosa creyera, era hombre de pelo en pecho. Me solté dos botones de la camisa y se lo mostré, y él que era una pelusilla insignificante. Don Tadeo se desabrochó la suya, y que, aunque rubio y fino, tenía más vello que yo. Llegados a este punto le dije mi verdad, que nunca había dado tanta importancia a los pelos, pero don Tadeo salió con que a él, no siendo excesivos, le gustaban inclusive en las mujeres, y que no comprendía a algunas que se dejaban las piernas lisas como piel de culebra. Me preguntó qué pensaba yo sobre el asunto y, para poner las cosas en su sitio, le dije que a mí una hembra como Dios manda, depilada o sin depilar, me encalabrinaba y a mis años todavía era capaz de hacerla un favor.

De regreso, me contó que el día 25, a las diez de la mañana, tenía una citación del juzgado. Y que su idea era no perjudicar al Silvio Amado, pero, al decir del jefe de taller, el muchacho estaba engallado y antipático y en esa actitud no era fácil ayudarle.

20 *septiembre*

Volvió la chicharra del teléfono. La Anita no estaba y le dejé sonar lo que quiso hasta que se cansó. Luego me pasó por las mientes que podía ser la Sonia desde Palma. ¿Quién me asegura a mí que la criatura no se ha adelantado?

21 *septiembre*

Se presentó el Lorenzo a media tarde. A pedir, para no perder la costumbre. El chaval este es un calco de mi hermana Modes. Que si la Sonia, que si las ruedas del coche, que si Benidorm... Para ponerle en situación le conté lo de la parcela, y él que eso me pasaba por fiarme de su primo José Antonio, que no era más que un mermado. Por tener la fiesta en paz le largué dos de los grandes. Me hice a la idea de que había pasado un rato con la Faustina y punto.

25 *septiembre*

Acompañé a don Tadeo al juzgado. Al hombre le salió la torta un pan. Me tuvo a la puerta más de dos horas, o sea dos mil del ala. Cuando me avisó un ujier entré por él y le encontré como alelado, más pálido que un difunto. Le pregunté si le pasaba algo, y él sólo repetía por lo bajo: la jueza, la jueza. Ya en el coche me contó que la jueza porfiaba que lo del Silvio Amado parecía un problema de celos y que posiblemente la culpa no era sólo del muchacho.

26 septiembre

Hoy cayeron cuatro gotas. Se me hace a mí que es la despedida del verano. Don Tadeo aprovechó la lluvia para meterse con mis mocasines. Que esos zapatos no preservaban de la humedad y eran tan cutres que cuando me veía bailar un pie le daban ganas de devolver. Le dije mi verdad, que desde joven el mocasín de pala corta había sido mi zapato, y así anduvimos a la greña hasta la hora de comer. Pero, al llegar a casa, doña Cuca nos aguardaba con dos pares de zapatos sobre la mesa: uno negro y el otro de color, abotinados los dos, de pala ancha y puntera afilada. Y, detrás de la mesa, doña Asunción y doña Heroína, como puestas de acuerdo, que me los probase. Yo me hice el soca, que no es de buena educación ceder a la primera, pero de que me probé los de color y vi cómo me caían, me llegué donde doña Cuca y se lo dije; o sea, la dije a media voz que sí, que me los quedaba y que Dios se lo pagase. La verdad es que este zapato tiene un qué que no tienen los mocasines.

27 septiembre

En toda la santa mañana don Tadeo no me ha quitado los ojos de encima. No sé qué será el zapato, me dijo al sentarnos, pero un hombre calzado deja de ser un proletario. Me gibó la salida y le dije que, lo pareciera o no, proletario era. Y él que ni hablar del peluquín, que el verdadero proletario era el del consabido uniforme: la viserilla y las alpargatas. Le iba a replicar pero me salió con que el día que llegó a Rusia un surtido de corbatas se acabó la revolución y me dejó con la palabra en la boca.

El zapato del pie izquierdo me manca un poco.

28 septiembre

Me encontré con el Ovejero en la calle Don Guindo. En la vida he visto un tipo más apocado y corto de genio. ¡La madre que le echó! Parece un doctrino, coño. Me contó que el Justito les había subido al fin dos pelas la pieza y ni el Partemio ni él se determinaban a repercutirlo. Lo que yo le dije, que o lo repercutían ya o se iban los dos al carajo. Él que hablaría con el Partemio, pero le vi tan encogido que se lo dije, o sea le dije que otros panaderos hay, que no se piense el Justo Redondo que tiene la exclusiva de los lechuguinos. Que no se suba a la parra, el tío. O sea, meterle el miedo en el cuerpo.

29 septiembre

Hoy me topé en el diario con un anuncio chocante: «El rey de las chapuzas: ferretería, fontanería, electricidad, carpintería, persianas metálicas... Su casa a punto. Una chapuza para toda la vida. Precios arreglados». Como me imaginaba, el teléfono era el de Melecio. A la tarde pasé por su casa. Todavía no ha visto un duro de don Eleno pero está tranquilo. Hoy le llamaron cuatro clientes y los cuatro han quedado satisfechos. No me choca. Melecio, con esas manos, hace lo mismo a un roto que a un descosido.

30 septiembre

Volvió la chicharra del teléfono. Lo cogí y se sentía respirar al tipo que llamaba. Le dije de todo y en todos los tonos pero él ni rechistar. No me gusta este cabrón. ¿Se puede saber qué se propone?

1 *octubre*

Se diría que el cambio de hora ha traído el otoño detrás. Con la fresca, hemos vuelto a la calle Principal, pues don Tadeo se pirra porque la gente le vea y le salude. Pero se ha puesto en plan farol y al primer conocido que ve se suelta de mi brazo y se pone de cháchara con él como si nada. Yo no me canso de repetirle que ojo no vaya a coger una liebre que nos vaya dar que sentir, pero él, dale, que no me preocupe, que estando plantado puede valerse lo mismo que yo u otro cualquiera. Yo suelo callar la boca por la cuenta que me tiene, pero hoy le pregunté que de cuándo acá tan fanfarria, y él que tenía la impresión de que a la Academia sueca no le gustaban los impedidos.

2 *octubre*

Apareció en el Burgo de Osma, en la casa de un amiguete del Silvio Amado, que no sé si será del gremio, otra maleta con fornituras. Le dije a don Tadeo que a este paso acabaría ganando dinero, pero él, muy prudente, que aún quedaban dos millones por rescatar y que la compañía de seguros se llamaba Andana, o sea, no se hacía responsable. Le pregunté qué condena podía caerle al Silvio Amado, y él que no más de cuatro años ni menos de dos, pero al que viene, con la condicional y un poco de suerte, podía estar en la calle.

3 *octubre*

Hoy volvió don Tadeo a la carga con que si estoy joven o dejo de estarlo. Y lo que yo le dije, eso es una cuestión de costumbre, don Tadeo, o sea, se ha hecho usted a mí, y me ve con mejores ojos; eso es lo que pasa. Pero él que según esa regla de tres, también él debería parecerme a mí más joven que cuando nos conocimos. Y así que le dije que nadie había dicho lo contrario, se le alegraron las pajarillas, me agarró una mano y que le había dado la mayor alegría de los últimos meses.

Ya en la confianza, el capullo de él me salió con que yo sacaba poco partido de mi cara, que si me pusiera la raya del pelo a la derecha ganaría un cien por ciento. Le repliqué que a la vejez, viruelas, y él, que nunca era tarde para mejorar, que me peinaba como un párvulo del año 20. Echándolo a barato le pregunté qué otra cosa se le ocurriría para mejorar mi imagen, y él que los andares, que andaba a la una y cinco y como a saltos, y que ganaría mucho pisando con mayor resolución. ¡Toma del frasco! Iba a replicarle cuando apareció el chaval rubio de la camiseta de Pensilvania, con la cara muy curtida. Don Tadeo se quedó de muestra, contemplándolo. Iba con otro amigo y, de pronto, se oyó una voz y los dos echaron a correr. Me quedé quieto parado esperando que don Tadeo volviera a lo de los andares, pero nanay, siguió mirando al muchacho hasta que le perdió de vista. Luego lo dijo, o sea, dijo que a ese muchachito, en cambio, no había nada que corregirle, que miraba con el descaro de una putita cara y se movía con la gracia de una princesa oriental. Camino de casa me confesó que en San Juan de Luz había dedicado al chaval un breve poema, «Vocación de lirio», que lo incluirá en su próximo libro, y que qué me parecía el título.

6 octubre

En todo el santo día no ha dejado de llover. Tenemos el otoño encima. La parienta y yo escribimos veinte cartas a *El precio justo* y quince para sufridores del *Un, dos, tres...*. A ver si esta vez tenemos más suerte.

7 octubre

Estuvimos en Zamora por lo de la conferencia. Demasiada sala para cuatro gatos, como yo digo. Don Tadeo lo pasó mal para subir al estrado. El presidente, o lo que fuera, no sabía de qué pie cojeaba y casi lo deja caer desde lo alto de la tarima. Habló de la poesía sin fronteras pero personalmente me quedé *in albis*. Eso sí, el marrajo se cambiaba de gafas todo el tiempo y se daba vueltas al sello para hipnotizar al personal. Sentí que no quisiera quedarse a cenar porque a partir de las ocho las horas se cotizan a 1.500. Le regalaron una bandeja. Él dice que de plata, pero si es Meneses ya puede darse con un canto en los dientes.

8 *octubre*

Volvió a sonar el teléfono a toda pastilla. Y cuando me puse ¡salió la voz! El andóbal que volvería a llamar y yo que de acuerdo. Cuando volvió a llamar me dijo que volvería a llamar para proponerme un negocio y le dije que al pelo. Pero el cipote no volvió a llamar, o sea, me dejó con la miel en los labios. ¿Qué carajos se propone este capullo? ¿No tendrá algo que ver todo esto con el pendejo del Adrián?

9 *octubre*

A mediodía llegó un telegrama de Mallorca: «Nació la nena. Stop. Se llamará Anita como la nana». Pero la parienta, que antes la tendrá que sacar de pila. Por pitos o por flautas, estas dos andan siempre a la greña, como el perro y el gato.

10 *octubre*

Don Tadeo lleva una semana que no se le cuece el bollo. Se suelta de mi brazo en cuanto puede o se arranca a caminar sin esperarme. Hoy le llamé al orden y me salió con la pamplina de que a los espías suecos conviene darles una impresión de suficiencia desde el principio. Este tío anda mal de la chaveta. Le pregunté si es que un cojo no podía ser premio Nobel, y lo que él dice, que todo lo que desluzca la ceremonia de entrega va en contra del candidato. O sea, no es que esté establecido así, pero parece ser que la Academia prefiere un hombre apuesto a un mermado.

Telefoneé a Sonia a la clínica. Sigue en la idea de llamar Anita a la nena, como la yaya. Me hice el tonto y la pregunté cuándo pensaba bautizarla, y ella que ya estaba inscrita en el juzgado con ese nombre, y eso va a misa. Si la parienta es terca, la Sonia es una mula manchega.

11 *octubre*

El señor Piera volvió a la carga, que me cambie de lado la raya. Le dije que llevaba sesenta años peinándome así, pero él que ésa no era una razón. Le dije, entonces, que ya no tenía edad de estar guapo ni feo, y él que no dijera esas cosas, que si es que me parecía absurda la belleza. Le dije que no trabucara las cosas, que lo absurdo era andar preocupado todo el día de Dios de qué lado me caía mejor la raya. Él porfió que todos estamos obligados a buscar nuestro aspecto más agradable y seductor. Y en éstas andábamos, cuando el marica de él me cogió la mano y que hasta la muerte del Toni nunca había reparado en mí físicamente, pero a partir de esa fecha no perdía la esperanza de que algún día pudiera quererle un poquito. Llegué a casa descompuesto, que don Tadeo se me había declarado y estaba determinado a dejarle, pero la parienta lo tomó a chacota y que nones, que le dé achares y a ver hasta dónde es capaz de llegar.

12 *octubre*

Don John se presentó esta mañana sin esperarle. Doña Cuca me rogó que fuese a servir el té como la otra vez y yo, por no hacerle un desaire, que bueno, que lo que hiciera falta. Cuando llegué los dos andaban de fiesta, que la propuesta para el Nobel era un hecho, que el Claustro la había aprobado por unanimidad y que Estocolmo había acogido la idea con interés. Don John, muy atento, se levantó a saludarme y me llamó «señog secretaguio». Luego confirmó que la Columbia Press editaría el libro *Cogidos de la mano* con el título de *Beso robado*. Don Tadeo que, si de eso dependía la edición, podían cambiar lo que quisieran sin necesidad de consultarle. Luego enseñó a don John el poema dedicado a Toni, y don John, después de leerlo, se quedó un rato pensativo. Al cabo dijo que «muy hegmoso», que si él consiguiera, después de muerto, que alguien le dedicase una elegía semejante, pensaría que no había vivido en balde. A la hora del té, en la cocina, la Ulpiana me dijo que el don John estaba muy bueno. ¡No te giba! Lo serví como Dios manda y a las ocho me despedí y don Tadeo me dijo que su amigo americano se quedaría otro día, por lo que era preferible que fuese a su casa por la tarde en lugar de por la mañana. En eso quedamos.

14 *octubre*

Pasaron la tarde de cháchara en el salón, hablando de San Juan de la Cruz y una tal Celestina. Luego la tomaron con la enseñanza y don John dijo que terminaríamos por no saber dónde tenemos la mano derecha. Al servirle el té, me rogó que se lo aclarase, que no había pegado ojo en toda la noche. Don Tadeo, en cambio, lo tomó negro como el chocolate, con medio limón exprimido y cuatro cucharadas de azúcar. Don John dará mañana una conferencia en el Ateneo de Madrid.

15 *octubre*

Subí donde Melecio. Me confesó que no daba abasto, que chapuza a chapuza venía a sacar un veinticinco por ciento más que en la fábrica de don Eleno. Mañana piensa darse de baja en el INEM. Le pregunté si estaba en sus cabales, y él que es ley de vida, que si él saca suficientes pelas para comer, lo decente era dejar el puesto a otro. Le solté mi verdad, que esa clase de tipos ya no se ven por el mundo, pero él se encogió de hombros y que honradamente a ver qué otra cosa podía hacer. Como suele decirse, este Melecio es un bocado sin hueso.

16 *octubre*

Al patrón se le ha puesto cara de aleluya. El hombre ya se ve en Estocolmo. Porfía en que le ayude a mejorar sus andares, pues le giba salir de mi brazo a recoger el premio. Le dije que lo mejor sería poner una mesita en el escenario para apoyarse en ella con la mano izquierda mientras daba la derecha al rey, pero él me hizo ver que con qué mano iba a recoger el diploma entonces. Decidimos pensarlo despacio y no levantar la liebre; o sea, que no se sepa en Estocolmo, antes de tiempo, que don Tadeo Piera es un impedido.

17 *octubre*

Por mucho que lo moje, el pelo no se asienta como es debido. Con un poco de jabón acaba pegándose pero en cuanto seca se levanta como un ala. La raya a la derecha queda normal, no le va ni bien ni mal a la cara, pero me cambia la fisonomía y no me determino a salir así a la calle. ¡Ni a que me vea mi señora siquiera! Otra cosa son los andares. Desde hace días procuro dar el paso con mayor determinación. Pero hoy, en pleno entrenamiento, me adelantó el panoli del Tochano, y que por qué andaba así, si es que me mancaban los zapatos. Le dije que sí para que callara la boca, pero él me preguntó entonces por los mocasines, que por qué no los gastaba ya, si me había cambiado el gusto o era cosa de mi señorito.

19 *octubre*

Esta tarde volvieron las bromas del teléfono, aunque eso de bromas es un decir. La voz era la del gicho del otro día y que volvería a llamar, y yo que de acuerdo, y ya, a la segunda, me lo soltó, o sea me dijo que era el Adrián, el fotógrafo, y que tenía que hablar de negocios conmigo. Se me bajó la sangre a los zancajos y no me salía la voz del cuerpo. Hubiera querido llamarle cabrón pero no me determinaba y, al cabo, le pregunté qué es lo que quería de mí, y el menguado, tan terne, que lo de siempre, dinero. O sea, que a él le quedaban unas copias de las fotografías y a mí los siete kilitos de la jubilación y bien podíamos hacer chamba. Me llevaron los demonios y le planté que esos kilitos estaban bien sudados como para malrotarlos así, y él que no aspiraba a todos, desde luego, pero sí a repartirlos como buenos hermanos ya que a mi señora podían disgustarle mis fotos con la Faustina. Me puse ciego y le pregunté dónde podíamos vernos cara a cara, pero él que no me pusiera retador, que mejor conversar como personas civilizadas. Y yo que de acuerdo, pero que dónde podíamos vernos para firmar el trato. Él salió con que no corría prisa, que de momento me bastaba con saber que él necesitaba cinco kilos en billetes de diez mil, sin numeración correlativa, ni señal alguna que permitiera identificarlos. ¡Cacho cabrón! Le pregunté si la candajo de la Faustina andaba en el ajo, y él que eso no hacía al caso ahora, que lo importante era reunir pronto esa cantidad pues, a lo mejor, cuando avisara, andaba tan apurado que no tenía tiempo ni de firmar un cheque. El granuja me preguntó si la cosa estaba clara y yo, temblándome la contera, que sí, que como el agua, pero que dónde demonios íbamos a encontrarnos, y él que el día 30 me lo diría y me mandaría además un croquis para evitar equívocos. Cuando colgó me quedé acojonado, sin fuerzas ni para mover un dedo. Y así seguía cuando se presentó la chavala y sólo de verla se me puso una cosa así, sobre la parte, que no me dejaba respirar. Me preguntó si me pasaba algo, y yo que nada, lo único el patrón, cada día más patoso, y que estaba determinado a dejarlo. Al acostarme me tomé dos píldoras, pero no he conseguido pegar ojo en toda la noche.

21 *octubre*

El Melecio que ya se lo figuraba él, que la historia no podía terminar de otra manera. Es más listo que Cardona este Melecio. En lugar de irse por las ramas, dijo que, afinando, el tema no tenía más que dos soluciones: entregar los cuartos o dar parte. Lo primero no me libraba de otros chantajes y, en cuanto a lo segundo, tenía que determinar qué enojaría menos a la Anita, contarle antes yo lo de la Faustina o aguardar a que viera las fotografías. Le dije mi verdad, que las dos soluciones eran parejas, que en cualquier caso la parienta agarraría el dos y si te he visto no me acuerdo. Así las cosas, Melecio se quedó quieto parado, lo que aproveché para decirle que había una tercera solución, o sea liquidar al cabronazo del Adrián y pasar a la sombra lo que me quede de vida. Que prefería eso a darle cinco kilos a un hijoputa semejante. Melecio, muy prudente, que liquidarlo no le evitaría a la Anita el sofocón ni resolvería el problema, o sea, que la medida era poco práctica. Como aún hay tiempo, quedamos en volver a vernos pasado mañana.

23 *octubre*

El patrón sigue con la pichicharra del premio Nobel. El hombre no vive para otra cosa. A ratos dudo si irle con el cuento del Adrián, pero ¿qué adelanto dándole vela en este entierro? Hoy, durante el paseo, sólo habló de su discurso. Según él debe ser más político que literario, y entonces le dije que por qué no hablaba del Duque y la transición. Pero él que eso lo último, que España era un asunto sin interés y el Duque un desertor, que había que tocar un tema más amplio, como la paz o la ecología. Le hice ver que aún era pronto para devanarse los sesos, pero él que le gustaba tener todo atado y bien atado por si la cosa surgía. Camino de casa me confesó que desde hacía dos días me encontraba distraído, como en otra cosa, y lo que yo le dije con toda la barba, que lo del premio no era para menos, que quitando mi estancia en América había viajado poco y me imponían los aviones.

25 *octubre*

Volví donde Melecio. El hombre, que había reflexionado y que quizá lo mejor fuese tender al Adrián una encerrona informando previamente a la Anita de mi debilidad. Le dije mi verdad, que la Anita no entendía esas debilidades y que a mí me faltaba cara para irle con el cuento. Entonces le propuse al Melecio ganar al Adrián por la mano, o sea, peinar una noche el barrio de las putas y, una vez que diésemos con él, hacerle soltar el mirlo y quitarle las fotografías. Melecio que cómo íbamos a reconocerle, y entonces le hablé del guardapolvos y el sombrero, aunque ya me olía que esto no sería más que un disfraz. Pero lo importante era informarnos por las capulinas sobre la Faustina y un tal Adrián, un fotógrafo sietemesino que la acompañaba. Alguien tenía que conocerlos. ¿Dónde podían estar si no paraban en ese barrio? Melecio, muy prudente, que bueno, que nada perdíamos por probar, y que mañana a las ocho en el bar del Pristilo, orilla de la Diputación.

26 *octubre*

Le comuniqué a la parienta que regresaría tarde, que el señor Piera tenía una mesa redonda en la Casa de la Cultura, y ella que al pelo, que me dejaría la cena en el microondas. Luego me pasé tres horas con Melecio en el barrio de las putas, preguntando a unas y a otras por la Faustina, una chavala rubia, fuerte ella, bien parecida, que iba a veces con un sietemesino de mandilón negro, un fotógrafo que atendía por Adrián.

Pero a las capulinas les giba hablar de otras capulinas, ya lo he notado. O sea, todas salían por el mismo registro, que nanay, que no la conocían pero que allí estaban ellas para lo que se nos ofreciese mandar. Y nosotros agradecidos, que no se trataba de eso, sino de un asunto pendiente con la pareja. Pero que si quieres arroz, Catalina, por mucho que le dimos al parche no sacamos nada en limpio. A las diez y media, en un bar de la calle la Pólvora nos encontramos a un cipote muy mamado y que conocía al fotógrafo del mandilón negro, pero que no atendía por Adrián sino por Ginés. Le pregunté las señas, pero él calló la boca y el personal empezó a formar corros y uno salió con que si éramos policías. Nos escurrimos hacia la puerta y detrás salió un tipo lampiño que extendió la mano y que sabía dónde paraba el tal Ginés. Según le seguíamos no me hubiera cabido un piñón en el culo. Y en el 10 de la calle Cándida Botín se detuvo. Y allí, sobre un cuadro de fotografías de niños de primera comunión, decía: FOTOGRAFÍA GINÉS. Tiramos para arriba pero en el piso no contestaba nadie. Una mujer que subía, que no era hora de trabajo y entonces le pregunté si es que el tal Ginés no paraba en la casa. Ella que qué hacer, que dónde iba a parar, pero que andaría fuera, comiendo un bocata con la niña. Melecio y yo nos quedamos al rececho hasta que a la media hora apareció un andóbal, largo como un varal, medio cheposo, con una niñita de la mano. No se parecía en nada al Adrián y, cuando le pregunté por él, dijo que no le conocía y que, desde luego, en el barrio no estaba establecido. Cambié de disco y le pregunté por la Faustina, pero ídem de lienzo, que preguntar por una puta en el barrio de las putas era como buscar una aguja en un pajar. Melecio me hizo ver que iban a dar las doce y entonces ahuecamos el ala y tiramos para el pesebre.

27 octubre

No he pegado ojo en toda la noche. A las dos me levanté, puse la tele y anduve dándole al mando a distancia hasta que se me engarabitó el dedo. La verdad es que llevo tres días que no me lamo. Y a fuerza de cavilar he llegado a la conclusión de que únicamente el sereno de la serrería podría aclarar las cosas. Él es fijo que conoce a la Faustina y, si me apura, al Adrián, y sabe de sobra el cambalache que han montado en su casa las últimas semanas. Así es que, echándole valor, me llegué a la calle Morería, pero el gicho salió con las del beri, que si volvía a llamar a la puerta de esas maneras me pegaba una patada en el culo que me encajaba en la torre de la catedral. Le alargué un billete grande y que con un poco de buena voluntad podríamos entendernos, pero él trancó la puerta y me mandó a tomar por el saco. Subí donde Melecio y el hombre, que había patinado, que ahora el mamacallos del sereno informaría al Adrián con lo que era bobería tratar de localizarlo. No sé a qué carta quedarme. El Melecio porfía en dar parte pero yo quisiera quemar antes el último cartucho.

28 *octubre*

Al ir a buscar a don Tadeo me tropecé con el Partemio en el mercado. El gilí no cabía en su pellejo. Según él han repercutido la subida del Justito y no han notado reacción en la parroquia. Dice, y con razón, que antaño subías un céntimo el precio del pan y ya se sabía, huelga general. Hoy, en cambio, subes dos pelas y el personal ni caso. La gente vive a la que salta, como yo digo, sin mirar la peseta, y el día que se acabe se acabó.

29 *octubre*

Estuve con mi sobrino en el banco. El vaina que qué me pasaba, que me había quedado en el chasis. Cuando se lo conté se quedó de piedra, que menudo serial, que eso era como en las películas, y que a qué aguardaba para dar parte. Le hablé del rebufe de la parienta, y él que, en estos casos, una víctima era inevitable, pero si entregaba los cinco kilitos las víctimas seríamos dos: la parienta y yo. Razón no le falta. Iba en ayunas y el sillón giratorio me mareaba. De repente me salió con que su señora tenía un primo en la Criminal y podía darle un telefonazo. De primeras le dije que aguardase, pero lo pensé mejor y que bueno, pero preferiría verle en un bar que en la comisaría, que andaría vigilada. Para más seguridad nos citamos en la misma casa de José Antonio, de manera que a las cinco ya andábamos los cuatro allí, o sea el primo de su señora, el jefe de la brigada, él y un servidor. Los panolis no le daban importancia al caso, a ver, la costumbre. Y que una vez que conociera el lugar convenido, les pegara un telefonazo y punto. Traté de hacerles ver que por esa regla de tres habría dos paganos, un servidor y mi señora, por lo que tal vez sería preferible agarrar al Adrián con las manos en la masa, hacernos cargo de las fotos y trincarle luego. Pero al jefe no le gustó el plan. Que resultaba muy arriesgado perseguir a un delincuente entre el tráfico urbano, que era preferible que yo le entregase un paquete de recortes como si fuera el dinero y echarle mano en ese momento. Y una vez que me comieron el coco, les informé que mañana aguardaba el aviso del Adrián. El jefe me dio un teléfono y que llamara cuanto antes, que el personal andaría al loro y saldría inmediatamente tras ellos. Al cabo me largué y subí donde Melecio a pedirle que me acompañara. En unos minutos le puse al corriente y le dije que en la primera llamada le indicaría el lugar y en la segunda el día y la hora de la cita, y que él hiciera el favor de comunicarlo a comisaría, pues yo no estaría para nada. Le dejé un juego de llaves del coche y le dije que lo tendría aparcado frente a mi casa y él debería estar dentro cuando yo llegase. Andábamos los dos de los nervios y al despedirnos nos pegamos un abrazo como si nos fuéramos a la guerra.

30 octubre

A las nueve y media ya estaba la carta en el casillero. Con el tembleque no acertaba a abrir el sobre. Dentro venía una nota que decía: «Tan pronto reciba un aviso telefónico, salga con su coche por la carretera de Madrid y en el kilómetro 7 cruce el primer puente en dirección a Aracena. En el descenso hacia la autovía, le adelantará un Volkswagen rojo con el cristal de la ventanilla derecha bajado. A través de esa ventanilla, y sin detenerse, depositará usted el dinero convenido. Después aparcará junto a la línea continua y permanecerá allí durante un cuarto de hora, transcurrido el cual, podrá circular con libertad. Cuente con que estará vigilado en todo momento. ¡Buena suerte!». Luego, en un croquis, había un dibujo del puente de Aracena, una flecha indicando la dirección a seguir y otra el lugar del aparcamiento. Todo estaba claro como el agua, pero con los nervios no acertaba a comunicar con Melecio. Cuando conseguí línea le di los datos y le dije que volvería a llamarle en cuanto concretaran fecha y hora. Tenía la lengua como la estopa y, en lo que bebía un buche de agua, el teléfono volvió a sonar. La voz sólo dijo: «Hora, hoy a las once y media en el lugar indicado». Colgó y yo se lo comuniqué a Melecio. Luego le dije a la parienta que me iba con don Tadeo a Madrid y no era fijo que regresáramos a dormir. No eran más que las diez y media pero no podía parar quieto. Cuando cogí el taco de los recortes temblaba como una hoja. En la cafetería de la esquina pedí una tila y el barman, que es amiguete, que buena juma traía para ser tan de mañana. Me tomé la tila y salí a la calle más nervioso que había entrado. Me acerqué al R-11 y allí, en el asiento de atrás, se notaba el bulto del Melecio bajo la manta. Todavía no me había sentado y ya andaba preguntándome qué había de nuevo. Le dije mi verdad, que ni yo mismo lo sabía, que de momento daríamos una vuelta para hacer tiempo y que estuviese tranquilo. A las y cuarto, así que enfilé la autovía, no me hubiera cabido un piñón en el culo. Miraba el fajo de recortes como si de verdad fueran dentro los cinco kilos. En la Avenida de Madrid se armó un tapón y me puse como una pila. Al intentar adelantar a un Volvo, el panoli se cruzó y no me topé con él de verdadero milagro. Al oír el frenazo, Melecio que qué pasaba y el chófer, mientras, poniéndome a caldo. Ya en la autovía se nos hicieron las once y veinte. Íbamos despacio, y yo miraba el triste paisaje de arrabales y huertas donde termina la ciudad.

Y, de repente, lo vi en el espejo retrovisor. El Volkswagen rojo venía detrás de mí, con un coche entre medias. Traté de reconocer al conductor pero no se veía ni papa. Se lo dije al Melecio y, al doblar la curva del puente, vi que el candongo del Volkswagen daba al intermitente dispuesto a adelantarme. Bajé el cristal y me puse el mazo de recortes entre los muslos. Estaba tan cerca que veía perfectamente al Adrián. El cipote parecía mulato, y, al bajar hacia la autovía, tocó el claxon, le di paso, cogí el fajo y lo metí dentro por la ventanilla abierta, mientras yo me arrimaba a la línea continua. En ese momento aparecieron de frente dos coches de la policía cerrándonos el paso. En unos segundos, el Volkswagen rojo estaba rodeado de policías y ¡abajo todo el mundo y las manos en alto! Yo me apeé también y el mulato me hizo un corte de mangas y yo entonces le llamé hijoputa. El jefe me apartó, que callara la boca ahora, que no entorpeciera la labor policial. Un poli se puso al volante del Volkswagen y al Adrián, o lo que fuese, le metieron en un coche de ellos y el jefe que los siguiese. Al poner en marcha el motor oí la voz de Melecio que si podía quitarse la manta de encima. Me dio la risa floja y que naturalmente, que la bofia ya había detenido al Adrián y el plan era ahora recoger las fotografías, antes de que las distribuyesen, pero el Melecio, muy prudente, que mucho se temía que el Adrián nos hubiera tomado la delantera. Le dije que eso creía yo también, pero que tampoco se perdía nada por intentarlo. En la Avenida de Madrid se separaron los coches y el inspector me hizo señas de que siguiera al suyo. Pensé que tiraría para el barrio de las putas pero no, doblamos a la derecha, hacia las Tenerías, y en la calle Curtidores, en el 17, se detuvieron. Era una casa nueva pero de poco fuste y, cuando el jefe llamó en el segundo E, oí carreras dentro y arrastrar de muebles, pero Sebio, el poli corpulento, ya andaba dándole empellones a la puerta y, una vez que cedió, todos nos colamos dentro. Entonces vi a la Encarna, al fondo del pasillo, los brazos cruzados sobre el pecho, como si tuviese frío, mirándonos con sus tristes ojos de perdiguero. De repente se me hizo la luz: ¡Tú sí eres el Adrián, cacho zorra!, la voceé. Entonces vi claro su interés por la parienta en la fiesta del Don Sebastián, sus piropos y lisonjas. Ella sacó a relucir a Serlo Jolmes y yo la pregunté por las fotografías. La tía hizo un gesto como diciendo que las podía echar un galgo, pero ya el inspector, que en un momento había registrado el piso, me enseñaba dos copias abarquilladas. Le dije que sí, que talmente, que ésas eran, que imaginara, que mi señora ya tendría un juego igual en su poder. El jefe se llegó a la Encarna y la llamó Patro, y que lo sentía, que otra vez sería. La puso entre las manos el fajo de recortes y, con mucha guasa, que se lo guardara que era suyo, que se lo había ganado. Se volvió a mí y que se trataba de una profesional fichada en el año 78 y que podía largarme, que ya me avisaría cuando el juez anduviera con el sumario. Una vez en la calle, hizo subir a la Encarna en el coche del mulato y él subió detrás. Pero en cuanto arranqué me vino la depre y así que Melecio me preguntó si teníamos que estar contentos o tristes, le dije mi verdad, que no sabía si habíamos ganado o habíamos perdido. Después me preguntó si iba a volver por casa y le dije que de momento no, que aguardaría para que la chavala pudiera tomar una determinación. Y él, que y si se largaba ¿qué? Y yo, lealmente, que ya me apañaría, que lo mismo me metía en uno de esos asilos para viejos que tanto le gustaban a ella. En éstas, el Melecio se echó a reír y que lo que fuera sonaría, que de momento podíamos llegarnos donde La Pachanga a tomarnos unas lentejas con unos vasos de tinto.

31 *octubre*

Tenía el corazón tan alborotado y las manos tan temblonas que no acertaba a meter el llavín en la cerradura. Pero una vez que abrí, me quedé quieto parado en el felpudo, escuchando. Sólo se oía el silencio y olía a desinfectante. Cuando finalmente entré, me di cuenta de que hasta para abandonarme había sido considerada la chavala. Había dejado todo recogido y limpio como los chorros del oro. Únicamente en la alcoba y el váter se notaba su marcha. En el armario estaba mi ropa pero faltaba la suya y el baño era ya como un baño de viudo, con sólo un cepillo de dientes, un peine y una máquina de afeitar. Faltaban la colonia y los frascos de potingues que gastaba ella. Sentía frío y cuando descubrí la nota en la mesa de la cocina, la miré acobardado, sin determinarme a leerla. Luego la cogí y me senté en un taburete junto a la ventana. Estaba escrita con su letra grande, de niña, pero se la notaba cachifollada: «Nunca creí que pudieras llegar a hacerme esto, ¡sinvergüenza! En el banco de abajo he abierto una cartilla a mi nombre para que metas en ella ochenta mil pesetas cada mes. Yo creo que con eso me arreglaré. Tú verás lo que les dices a los hijos. En lo tocante a los siete millones, tuyos son, que los gastes con salud. Anita». Rasgué la hoja y la partí en trocitos muy pequeños mientras miraba por la ventana las casas de enfrente. Empezaba a notar la soledad y me gibaba no poder comentar con la parienta la charranada de la Encarna. Me levanté del taburete pensando en las residencias que habíamos visitado. Luego me fui al cuarto de la tele y allí me estuve hasta las tantas dándole al mando a distancia.

2 *noviembre*

Acompañé a don Tadeo al camposanto. Antes le metí a la chavala en la cartilla los ochenta billetes. Comí en La Pachanga una paella de carne por poco menos de cuatrocientas pelas; un precio arreglado. Luego subí a casa a ver el culebrón pero a los cinco minutos lo quité porque me aburría de muerte. A la noche volví donde La Pachanga y cené unos huevos con chorizo por trescientas cincuenta cucas. Tengo que hablar con el chico. He dormido mal.

4 *noviembre*

Saqué al patrón a dar un garbeo. Desde hace días no ha vuelto a hablar del premio Nobel. Para mí que ha tenido malas noticias del don John ese de los cojones. Almorcé una fabada en La Pachanga. Parecía dinamita y he pasado la tarde con un entripado de aquí te aguardo. El culebrón, una pendejada. Como me olía, el Claudio era hijo de doña Julia, hijo de soltera, se sobreentiende. Subí un poco de queso y fruta para cenar. He dormido mal.

6 noviembre

Estuve en el parque con don Tadeo. La cogió modorra con que me veía alicaído desde hace una temporada. Preferí no darle carrete. Los trapos sucios se lavan en casa. En La Pachanga me eché al cinto un potaje que no se lo salta un torero. Cené queso y fruta. Nadie ha llamado al teléfono ni a la puerta en todo el día de Dios. Esta casa parece un funeral. A pesar de las píldoras no consigo pegar ojo.

8 noviembre

La Pachanga se descolgó hoy con un cocido montañés que me dio flato. En toda la santa tarde no he hecho otra cosa que eructar. Empieza a cansarme la cocina de esta tía. Comas pichones o solomillo, todo tiene el mismo gusto, todo sabe a pienso compuesto, como yo digo. Claro que por cuatro pesetas tampoco va uno a exigir cocina francesa. Melecio subió a casa esta noche y encontró todo manga por hombro. Lo que yo le dije, no me apaño sin la chavala. Me preguntó dónde creía que pararía, y yo que fijo en una residencia, pero que adivinase cuál porque ninguna la disgustaba. Me ayudó a hacer el orden y, al final, le confesé que uno no se da cuenta de la importancia de una mujer en casa hasta que falta. Tengo que hablar con el chico.

9 *noviembre*

Amaneció un día soleado y anduve un rato en el parque con don Tadeo. Porfió que me encontraba triste pero que la tristeza daba a mis ojos una profunda expresión muy bella. Y lo que son las cosas, en lugar de cabrearme, me gustó que dijera eso. Todo hombre, hasta el más duro, agradece una palabra amable. En La Pachanga me manduqué un filete de novilla con patatas pero también tenía gusto a pienso compuesto. Digo yo si será el aceite. Y la dolorosa, con postre y vino incluido, montó el billete. La Pachanga esta de los huevos se está subiendo a la parra.

10 *noviembre*

Esta mañana, por hacer algo, me cambié de lado la raya del pelo. Con esto y el abrigo de mi patrón parecía un lord inglés. A don Tadeo se le alegraron las pajarillas al verme. Primero me cogió una mano, luego sacó un peine y me atusó los pelos del colodrillo que según él se desmandaban. Le dejé hacer. Luego anduve todo el día violento. No veía el momento de poner la raya en su sitio. Busqué las calles menos concurridas para volver a casa.

11 *noviembre*

Subí del supermercado unas latas y dos docenas de huevos. Con las latas, almuerzo, y con los huevos, ceno. Mi difunto padre, que gloria haya, agujereaba con una punta los extremos del huevo y los sorbía como si fuese la pata de un centollo. Hoy hice lo propio y ciertamente tienen buen paladar. El teléfono sonó a última hora. Un tolondro que se había equivocado. El silencio pesa y si no fuese por lo que alborotan los chaveas del quinto esto sería una tumba.

12 *noviembre*

Pasé por el banco y le conté a mi sobrino lo de la Anita. Él que tranquilo, tío, que ya volverá, que lo importante era haber salvado los cuartos. Le pregunté si de veras creía que eran más importantes las pelas que la mujer, y él que no era eso, pero que la mujer vuelve y las pelas no. ¡Que su boca sea un ángel!

14 *noviembre*

Hubo carta del *Un, dos, tres....* Nos invitan de sufridores para el día 25. ¡A la vejez, viruelas! La carta trae un número de teléfono para confirmar la asistencia. De primeras pensé decirles que nones pero, bien pensado, me pareció una pendejada. A falta de la parienta puedo ir con mi nuera, la Ulpiana, o la misma mujer del Partemio. Para lo que hay que hacer allí, cualquier analfabeta vale. Así que les dije que mi señora estaba enferma e iría con una amiga. Bueno, pues los cipotes que ni hablar, que con la de la fotografía o nada. Les hice ver que, bien mirado, se parecían, y los panolis que lo sentían, que únicamente podían ir los inscritos o los suplentes elegidos ante notario. Por ver si cantaba la gallina les anticipé que a lo mejor mi señora se restablecía para esa fecha pero el cabezón de él, que ya no era tiempo, que el día 15 tenía que estar cerrado el programa. Los mandrias estos son como Dios los ha hecho.

19 *noviembre*

Don Tadeo dale con que por qué no me dejo definitivamente la raya del lado derecho. Lo que yo le dije, que se me hace raro, que no me veo. Y él que todo es cuestión de costumbre. Hacía frío y en el parque no había un alma. A saber qué tramará este hombre. De regreso me contó que el fiscal había pedido cinco años para el Silvio Amado y que a él le sabía mal meter antecedentes al muchacho, pero no veía otra salida. Tengo que hablar con el chico.

21 noviembre

La Sonia y el Lorencín ya pueden dormir tranquilos. Hoy rompí definitivamente con don Tadeo. Todas las cosas tienen un límite. Y si lo siento es por el problema internacional del manduque. Porque si yo ingreso a la parienta veinte billetes más de los que le saco mensualmente al patrón, a ver qué puedo hacer ahora con la limosna del paro. Habrá que comer de lo vivo, aunque todos sabemos lo que dura el jamón una vez que se empieza. Pero, bien mirado, ¿qué otra salida quedaba? Porque el marica de él no me dio a elegir. Ya me chocó un apretón así en pleno paseo. Pero aguanté mecha. O sea, le ayudé a bajar al urinario y le puse delante de la taza sujetándole por detrás. En mejor plan, imposible. Bueno, pues el cacorro de él iba encendido y se lanzó, o sea que hiciera el favor de desabotonarle la botica, que con una mano inútil y la otra en la pared no podía valerse. ¡Habrase visto desahogo! Se me hincharon las narices y que eso sí que no, que aguantar le aguantaría el tiempo que hiciera falta, pero de ahí no pasaba, que por lo demás podía mearse tranquilamente por la pata abajo. Y mano de santo, como suele decirse. Se desabrochó la bragueta, sacó el pájaro y orinó a la chiticalla, cuatro gotas. Luego, una vez que salimos, se quedó cortado mientras yo le daba un repaso. Y cuando le ordené que a casita, a casita, que entró en el ascensor más manso que un cordero. Y, según me pagaba doña Asunción, que hoy tocaba, le dije que lo sentía pero que era mi último sueldo, que me largaba, y ella ni rechistar. Y con las otras dos, doña Cuca y doña Heroína, tres cuartos de lo mismo, y que su hermano les explicaría las razones de mi marcha. Y ellas ni pío. Tengo para mí que estas tipas saben de su hermano bastante más de lo que aparentan. ¡Anda y que les den morcilla a todos!

23 *noviembre*

Hice un lío con el abrigo, la americana, las camisas, las corbatas y los zapatos de don Tadeo y se los mandé a casa con el chico del Partemio. A semejante capullo mejor no tener nada que agradecerle.

24 *noviembre*

La casa se me viene encima. Parece que no, pero el paseíto con don Tadeo acortaba la jornada. Encima, sin la parienta, el día se hace más largo que una peseta de tripas.

He cogido el gusto a sorber los huevos como hacía mi difunto padre y, con una pinta de azúcar en el agujero, más finos que las yemas de Santa Teresa.

25 *noviembre*

Estuve pendiente del *Un, dos, tres...*. Los suplentes eran dos paletos de Pamporcino que aguantaron el programa metidos en una jaula y vestidos de presidiarios. ¡A la chavala y a mí nos podían venir con ésas! Pero, entre chorrada y chorrada, acabaron llevándose un apartamento en la Manga del Mar Menor. ¡Toma del frasco! Imaginé a la parienta viendo el concurso en alguna parte sin sospechar que la presidiaria tenía que haber sido ella. En menos de tres días he perdido un salario de 60.000, pela más, pela menos, y un apartamento en la Manga del Mar Menor. Total, que he hecho un pan como unas hostias.

26 *noviembre*

Me llamó la poli a declarar. Llevaba tanto tiempo en silencio que no acertaba a callar la boca. Bien mirado no saqué nada en limpio, salvo que la Faustina y el sereno de la serrería estaban también compinchados. Pregunté al jefe quién había hecho las fotografías y él que la misma Encarna, o sea, la Patro. Y fue la propísima la que organizó el tema del Don Sebastián. O sea, fue la susodicha la que entretuvo a la chavala mientras yo metía mano a la otra. La Faustina me encoñó a cambio de un porcentaje en los beneficios. Salí de la comisaría aliquebrado. Para una vez que creí haber conquistado una mujer, me la pegan con queso. El jefe, que esto suele ocurrir con tipos que se creen tenorios y son más infelices que un cubo. ¡Jódete y baila!

27 *noviembre*

Algo me sentó mal ayer, el interrogatorio, la cena o la soledad. ¡Vaya usted a saber! El caso es que a media noche me puse a echar forraje por arriba y por abajo que no paraba. Para mí que es un entripado. A mediodía me subió la temperatura y temblaba como una hoja. Me llevé la tele a la alcoba y me acosté, pero a los diez minutos ya estaba en el váter. No he pegado ojo en toda la noche. Lo que faltaba para el duro, vamos.

28 *noviembre*

Me voy como una canilla, por arriba y por abajo. Me eché al cinto un vaso de agua de limón pero fue peor el remedio que la enfermedad. No tardé ni cinco minutos en devolverlo. He pasado la tarde en la tele, con el mando a distancia pero sin fijarme siquiera en lo que salía. ¡Manda cojones!

5 diciembre

Sigo con la escurribanda. La temperatura no baja de treinta y nueve. Ni fuerzas tengo para llegarme al teléfono.

Me voy por la pata abajo. Estoy en ayunas desde hace una semana... No puedo ni... ¿Cuántos meses llevo enfermo?...

14 diciembre

La fetén es que gracias al Melecio he podido contarlo. Al parecer, se presentó en casa y me encontró liando el petate, como suele decirse. A las tantas de la noche avisó a una ambulancia y me llevaron a la UVI. Allí anduve seis días con el alma entre los dientes. Con los dichosos huevos había agarrado una salmonela de caballo y estaba deshidratado. ¿Y por qué regla de tres mi difunto padre, que se pasó la vida sorbiendo huevos, no agarró la salmonela? A saber... Total, seis días en la UVI y otros siete en observación. Según Melecio, la parienta se presentó el día 8, en cuanto lo supo. La mujer llegó llorando los kiries. Ahora, ya en casa, parece que marcho poquito a poco. Ninguno de los dos hemos mentado a la Encarna ni a la Faustina. Únicamente la dije esta mañana que el 14 del mes pasado nos llamaron del *Un, dos, tres...* Y ella que qué tal les había pintado, y yo que un apartamento en la Manga del Mar Menor. La Anita encogió los hombros y que mejores premios había habido.

AUSTRAL

www.planetadelibros.com

www.australeditorial.com